ROLF FISCHER

DAS WUNDER VOM SPARRPLATZ

– ERZÄHLUNGEN AUS BERLIN –

IMPRESSUM

Text © Rolf Fischer (info@kafkaontheroad.blog)

REDAKTION UND LEKTORAT:

Birgit Böllinger, Büro für Text und Literatur / Augsburg
(www.birgit-boellinger.com)

UMSCHLAGGESTALTUNG UND SATZ:

Matthias Krüger / Wiesbaden
(unter Verwendung einer Photographie von Rolf Fischer)
Titelfoto: Berlin, Kameruner Straße © Rolf Fischer
Typographie: Matthias Krüger
Newington Blue Press (www.newington.blue)

Gesamtherstellung: www.bookmundo.de

Erstausgabe 2021

Die deutsche ›Bibliothek – CIP Einheitsaufnahme:
Ein Titeldatensatz für dieses Buch ist bei der
Deutschen Bibliothek erhältlich
ISBN: 9789403644677

Dieses Buch gibt es in ausgewählten Buchhandlungen. Es kann unter Angabe der ISBN auch in jeder anderen Buchhandlung bestellt werden.
Unter www.bookmundo.de können Sie es direkt bestellen.

Berlin-Wedding gibt es wirklich. Meine Kinder auch. Alle anderen Orte und Personen sind frei erfunden. Jede Ähnlichkeiten mit lebenden oder toten Personen wären rein zufällig.

Danksagung

Bedanken möchte ich mich bei meinen Kindern. Ohne sie hätte ich die ganze Achterbahn der Gefühle nicht erleben dürfen, von denen hier ich hier erzähle. Außerdem wäre ich ohne sie nicht so oft vor die Tür gekommen. Mein Dank gilt auch Birgit und Matthias. Ihr habt euch mit viel Wohlwollen und professioneller Liebe zum Detail dem Manuskript angenommen. Und ihr habt Tempo gemacht. Ohne euch wäre das Buch wahrscheinlich nie fertig geworden. Nicht zuletzt danke ich Thomas, der es wahrscheinlich leid war, meinen blumigen Erzählungen zuzuhören „Du solltest ein Blog schreiben", meinte er irgendwann. Und als der dem Blog ein paar Jahre gefolgt war sagte er: „Du solltest ein Buch schreiben." Danke Thomas, habe ich gemacht.

Inhaltsverzeichnis

Vorwort

„Das Wunder vom Sparrplatz", das sind Erzählungen eines Vaters aus dem rauen Berliner Stadtteil Wedding. Das ist ein Vater mit Leib und Seele und aus ganzem Herzen. Ein (manchmal etwas melancholischer) Single-Mann, der allein oder mit seinen Kindern durch seinen Kiez im Wedding streift. Dabei richtet sich seine Aufmerksamkeit ganz auf das Leben auf der Straße, auf die kleinen Alltagsszenen, die sich in den Cafés seines Viertels, beim Friseur oder auch am Spielplatz entfalten. Ein Flaneur mit Kinderwagen.

Ein Mann Mitte 50, dessen erwachsene Tochter langsam ihr eigenes Leben beginnt und der mit seinen zwei, dann drei Jungs auch ein Stück der eigenen Jugendzeit wieder erlebt: Das ist warmherzig erzählt, mit viel Humor und feiner Ironie. Die sich dann vollends entfaltet, wenn er über Berliner Verhältnisse schreibt.

Es ist ja mittlerweile ein Volkssport, das Berlin-Bashing. Warum es dennoch Menschen gibt, die von der Stadt mit all ihren Widersprüchen nicht lassen mögen, auch davon schreibt der Erzähler seit Jahren auf seinem Blog *Kafka on the road*.

Einige der schönsten Geschichten aus den vergangenen Jahren sind nun in diesem Band zu finden. Eine Einladung an alle, die gerne mit Kafka on the road um den Block streunen wollen.

Birgit Böllinger

Morgens, halb 10 in Deutschland

Ich spiele mit meinen zwei Jungs vor dem Haus. Sie sind bald drei Jahre alt und wollen wissen, was es alles in der Welt gibt und wie es heißt. Der Postbote kommt auf seinem gelben Fahrrad. „Das ist der Postbote", sage ich, „der bringt die Briefe." Der Mann von der Post hat gute Laune und spielt mit: „Sagt mal: Guten Tag Herr Postbote, hast du einen Brief für mich?"
Ganz beeindruckt von der Respektsperson in Gelb und Schwarz echot es brav unter mir: „Hast du einen Brief für mich?" Wir bekommen unsere Briefe, und das Vaterherz füllt sich mit Rührung. So soll es sein: Freundliche Briefträger mit viel Zeit, um mit fröhlichen Kindern zu scherzen, verabschieden sich mit einem Lächeln und radeln davon. So war es immer, so wird es immer sein. Selbst in Berlin.
Und ich bin mir fast sicher: Der Briefträger rangiert im Weltbild der Kinder künftig gleich hinter dem Weihnachtsmann.
Da rumpelt ein klappriger Lieferwagen vor uns auf den Bürgersteig, bremst heftig und stellt sich quer. Der gelbe Lack ist verblichen und glänzt nur da, wo früher das DHL-Logo klebte. „Das Paketauto", rufen meine Jungs kundig. Die Tür fliegt auf, und mit zwei Paketen unter dem Arm hetzt ein unrasierter Mann aus dem Laderaum. Es ist der arme, selbstständige Vetter des Postboten, einer, der „Service im Auftrag von DHL" leistet, wie es uns das Schild in der Beifahrertür wissen lässt. Er sieht die großen, erwartungsvollen Augen der Kinder. „Ich hab' nichts für euch", schreit er uns hektisch entgegen und verschwindet im nächsten Hauseingang.

Morgens, halb 10 in Deutschland.

Heimat, die ich meine

Herbst auf dem Land, mit Kartoffelfeuern, Rübenstechen und Sankt-Martinsfeuer. Das war der Herbst in meiner Jugend. Und natürlich Pflaumenkuchen! Mit dickem Hefeboden, der von unten schon ein bisschen dunkel wurde. Im Garten meiner Großeltern stand ein Pflaumenbaum. Das größte Glück meiner Großmutter war es, im Herbst den ersten Pflaumenkuchen (Quötschekooche in ihrer Sprache) zu backen. Und da sie zehn Kinder hatte und unübersehbar viele Enkel, war sie es gewohnt, für uns alle riesige Mengen in den Ofen zu schieben. Das heißt: Wir konnten uns an Kuchen rund und satt fressen. Nur so, mit Zucker und Sahne und dem Geschmack meiner Kindheit auf den Lippen, schmeckt mir Pflaumenkuchen. Als meine Eltern das Haus und den Garten übernahmen, war das Erste, was mein Vater tat, den Pflaumenbaum zu fällen. Die Birke hinterm Haus auch. Alles, was „Dreck macht", musste weg. Das habe ich ihm immer übelgenommen.

Pflaumen gab's weiter. Von Nachbarn oder vom Markt. Und Kuchen auch. Auch wenn es nur noch für fünfe reichen musste: meine Mutter ließ es nie bei einem Blech.

An einem Samstagnachmittag, zur besten Kaffeetrinkenszeit, fällt mir das alles wieder ein. Ich bekomme ein riesiges Verlangen nach Pflaumenkuchen mit Sahne. Nun ist der Wedding ein Ort, an dem man alle Genüsse der Welt gleich um die Ecke bekommen kann. Aber einen richtigen Bäcker, der einen Pflaumenkuchen so backt wie meine Oma? Von Gier getrieben wage ich das Unmögliche. Ich habe dafür nur eine Stunde und auch noch den Jüngsten im Kinderwagen dabei. Aber was hilft es, wenn die Triebe mit einem durchgehen? Erster Versuch: Die „Backstube" in unserer Straße. Einer der vielen kleinen Berliner „Back-Shops". Die kroatische Besitzerin hat sich auf aufgebackene polnische Teiglinge spezialisiert. Blasse Brötchen, labbrige Croissants, aber mit viel Liebe verkauft. Frischer Kuchen? Fehlanzeige. Weiter, am „Arabi Back“ mit seinen abgepackten, klebrigen Süßigkeiten vorbei zum Café Kibo, ein paar Häuser weiter. Es wird von einer energischen Rumänin geführt, die ein wunderbares Eis herstellt. Auch Apfelkuchen. Aber Pflaumen? Wahrscheinlich werden sie in Rumänien alle gleich zu Sliwowitz verarbeitet.

Die Not treibt mich in den Nachbarkiez. Hier soll doch angeblich alles gentrifiziert werden. Vielleicht haben sie sich hier schon auf das neue Publikum eingestellt, bei dem Regionales und Traditionelles im Trend liegt? Haben sie tatsächlich. Im türkischen Eckcafé, in dem ich mit meinen Jungs nach der Kita ab und zu mal ein paar trockene Kekse kaufe, hat man an diese Kundschaft gedacht und bietet deutschen Kuchen an, Pflaumenkuchen sogar. Oder zumindest das, was man in Berlin dafür hält. Die Rache des Berliner Bäckerhandwerks an den zugezogenen Westdeutschen ist das, was man hier „Blechkuchen“ nennt. Blechkuchen geht in Berlin so: In einem Aluminiumkasten von etwa einem Meter Länge und zehn Zentimetern Höhe wird der immer gleiche, pappige Hefeteig gelegt. Das Ganze wird durch weitere Blechstreifen unterteilt. Dann werden Streusel oder klebrige Zuckerglasur aufgetragen. Wenn Obst ins Spiel kommt, wird es mit süßer Gelatine übergossen, die bis zum Rand des Kastens aufgefüllt wird ... In Heidelberg oder Rosenheim würde ein Bäckermeister dafür geteert und gefedert vor die Stadttore geworfen.

Da stehe ich nun, fast vor der Erfüllung meines Traums, doch ich bringe es nicht über mich, mich mit in Tortenguss ertränkten Pflaumen zufrieden zu geben. Ich muss weiter, immer weiter, meinem Glück hinterher (das ist von Hans Albers, Goodbye Johnny). Cafés gibt es in diesem Kiez zur Genüge. Aber die meisten haben verdunkelte Fenster und laden grimmig schauende junge Männer zum Glücksspiel ein. Dann gibt es noch die anderen, die außer ein paar Stühlen und einer Neonleuchte fast gar keine Einrichtung haben. Hier treffen sich alte Griechen, Tür-

ken oder Portugiesen. Einen Ouzo, einen Raki, oder einen Aguardente könnte ich hier bekommen, wenn man mich überhaupt hineinließe. Aber sicher keinen Pflaumenkuchen.
Meine letzte Hoffnung ist das Bollwerk der Gentrifizierung: Die Bio-Company, die ich sonst meide wie die Pest. In der Kuchentheke, die so groß ist wie ein Flughafenterminal, finde ich kleine Törtchen mit Himbeeren und Mango, die wahrscheinlich gerade in Costa Rica Saison haben. Aber Pflaumen aus Brandenburg? Geschlagen schlurfe ich die laute Müllerstraße zurück. Bevor ich mich schwermütig in den nächsten U-Bahn-Schacht stürze, erscheint mir „Thobens Backwaren". Ein billiger Berliner Kettenbäcker. Seine Filiale habe ich bisher immer hochmütig übersehen. Wer Schrippen für ein paar Cent anbietet, kann doch nichts Ordentliches haben. Aber da ist es: Ein Blech voll frischem Pflaumenkuchen, das in seiner Größe meiner Oma selig zur Ehre gereicht hätte. Na gut, nicht ganz so saftig, aber er kostet ja auch nur 89 Cent das Stück. Ich nehme gleich zwei und dick süße Sahne dazu. Und bevor der Sohn im Wagen aufwacht, bestelle ich noch ein drittes. Es scheint, als wäre der Wedding endlich zu meiner Heimat geworden. Heimat ist da, wo mein Bauch sich wohlfühlt.

Jeht schon

Der fette Typ sitzt auf meinem Platz. Dreckiges Lachen, dreckige Jogginghose und eine Plauze, die bis zu den Knien reicht. So ein Typ, denke ich, der den Tag rauchend und dreiste Sprüche klopfend verbringt - auf meinem Platz! Mein Platz, draußen vor dem türkischen Back-Shop, meiner Rettungsinsel in den Tagen der Elternzeit, mein Arkadien unter wild wucherndem Wein. Seit einem Monat schiebe ich jeden Morgen halb neun meinen Jüngsten durch den Kiez, bis er einschläft. Und kaum hat er die Augen zu, steuert Vattern zum Türken, um sich den ersten Kaffee des Tages zu gönnen, die Augen zu schließen und die viel zu kurze Nacht zu vergessen. Wenn die ersten Sonnenstrahlen mein Gesicht wärmen, kann ich endlich entspannen. Allein! In Ruhe!

Und nun sitzt da dieser Typ. Ich setze mich neben ihn, so, dass ich ihn nicht ansehen muss, tue so, als würde ich den Kinderwagen schaukeln. Aber ich höre ihn. Er atmet schwer, hustet mit seiner Zigarette - widerlich. Die hübsche Backwarenverkäuferin, die mich immer mit einem grimmigen Blick mustert, kommt zu uns heraus. Sie wechselt ein paar Worte mit dem Dickwanst. Die beiden haben ein Geheimnis, das sehe ich aus den Augenwinkeln. Und der Dicke hat neue Informationen für sie. Sie lächelt, verschwindet, kommt noch mal raus, lacht und verschwindet wieder. Neid und Neugier wallen in mir auf. Was hat er, was ich nicht habe? Ich muss es wissen und fange ein Gespräch an.
Was er mit „der Kleenen" hat, verrät er mir nicht, aber dass er sich mit Kindern auskennt. „Is immer jut, wenn die Jörn schlafen", schnauft er mit Blick auf meinen Kinderwagen. Er schweigt wieder. Ist wohl doch keiner von den Schwätzern, die einem in fünf Minuten ihr Leben erzählen und Gott und die Welt für ihr Elend verantwortlich machen. Ich muss bohren. Das kann ich gut. Ja, Frührentner ist er, nach 40 Jahren Arbeit, erst Heizer, dann Eisengießerei. „Hab' mer die Knochen kaputt jemacht und

die Lunge ooch. 500 Euro krieg ich und muss ooch noch zum Sozialamt loofen. Aba jeht schon." Ich bekomme Respekt vor diesem alten Weisen. Meine Rente wird deutlich höher sein, obwohl ich keine 40 Jahre gearbeitet habe und meine Knochen noch heile sind. Trotzdem habe ich Angst, es könnte nicht reichen. Warum eigentlich?

Ich muss los. Der Alte sitzt in der Sonne, ich gönne ihm seinen Platz. Ich hab' noch ein paar Stunden vor mir mit meiner süßen Last. Auch nicht immer einfach. Aber: Jeht schon...

Nur geträumt

Ist nicht wahr, denke ich, als ich in den Schrebergarten komme. Alles ist voll: Die Apfelbäume biegen sich, der Pflaumenbaum wirft mir seine Früchte auf den Weg und Mirabellen gibt's in Hülle und Fülle. Weiter hinten reifen Brombeeren, ein paar letzte Erdbeeren und Trauben. Die Tomaten tragen so schwer, dass die Stöcke gebrochen sind. Keiner will sie. Die Besitzer haben den Garten nur zum Chillen. Die Obstbäume haben sie vom Vorpächter übernommen. Jetzt, mitten in der Erntezeit, sind sie für ein paar Wochen in Südfrankreich. Wir sollen aufpassen. Der Anfang von Frau Holle kommt mir in Erinnerung. Ich würde am liebsten die Ärmel aufkrempeln, die Bäume schütteln und loslegen. So wie bei meinem schlesischen Großvater damals. Jeder Apfel wurde angefasst und war für etwas gut. Zum Lagern im Keller, für Kompott oder für die Saftpresse, die er selbst gebaut hatte. Das ganze Haus roch ab September süßlich nach Einmachgläsern voller Kompott und herbstlich-modrig nach den Jute-Säcken, in denen die schlechtesten Äpfel auf die Mosterei warteten. War die Arbeit vorbei, gab es „Riemchenkuchen" von meiner Mutter: Hefekuchen mit Apfelmus und dünnen Streifen Teig darüber.

Brombeeren waren die Leidenschaft meines Vaters. Er kannte die besten Stellen, direkt neben dem Bahndamm oder in den Kiesgruben. Beerensammeln war Wochenendverpflichtung. Der Vater zog eine alte Jacke an, packte sich Frau und Kinder ins Auto und warf sich in die Dornenhecken. Durch die Schneisen, die er schlug, folgte seine Familie und hatte bald die Eimer voll. Brombeersaft in Mineralwasserflaschen (herrlich zu Vanillepudding), Brombeergelee, Brombeerschnaps und Rumtopf füllten die Regale im Keller. Sie gesellten sich zu eingelegten Kürbissen süß-sauer, Schnippelbohnen und Steinguttöpfen mit Sauerkraut. Mein Vater und Großvater waren Bauern gewesen. Da war es selbstverständlich, Vorräte einzukellern. Und sie waren Heimatvertriebene, die Angst hatten, dass „der Russe“ wieder kommt. Das Bevorraten wurde zur staatlich geförderten Angstbewältigung im Kalten Krieg. Als meine Großeltern starben, hinterließen sie einen gut bestellten, großen Garten und Regalbretter mit Eingemachtem, von dem keiner mehr wusste, wie lange es da schon stand.

Wir verlassen den Schrebergarten mit einer Tüte Äpfel, ein paar Tomaten und drei Kindern, die ganz erstaunt darüber sind, dass man auch Obst vom Baum essen kann. Ein Sack voll Fallobst kommt in den Fahrradanhänger. Zu Hause schmeißen wir es in die Bio-Tonne. Wann sollen wir denn damit was anfangen? Wir haben doch so schon wenig Zeit. Sollen wir uns etwa für ein Glas Apfelmus die Abende um die Ohren schlagen?
Im Radio läuft am Abend die Nachricht, dass der Innenminister - zum ersten Mal seit 30 Jahren - den Bürgerinnen und Bürgern empfiehlt, wieder Vorräte für fünf Tage anzulegen. Zuerst halte ich das für einen Scherz. Als mich Google überzeugt hat, dass diese Empfehlung wirklich ausgeben wurde, ist mir klar: Damit sind die dreißig Jahre Sorglosigkeit seit dem Mauerfall ein für alle Mal vorbei.
Vielleicht sollten wir uns einen Schrebergarten zulegen.

Einmal noch!

Einmal noch ans Wasser, solange noch Sommer ist! Mittelmeer oder Ostsee war dieses Jahr nicht drin. Aber zum Plötzensee will ich es noch einmal schaffen mit den Jungs. Also früher weg von der Arbeit, die Jungs aus der Kita befreit und quer durch den Park zum Strandbad. Ist nicht weit. Warum haben wir das dieses Jahr nur einmal gemacht? Lief nicht gut, der Sommer.
Die Schatten fallen schon lang auf den Sand, als wir ankommen. Sonnenöl können wir uns sparen. Trotzdem rein in die Badehosen. Die Jungs erinnern sich noch an jedes Detail unseres letzten Besuchs vor drei Monaten. An die hohe Rutsche, auf die sie sich damals nicht trauten. Sie trauen sich auch heute nicht. Aber sie sind vor mir im Wasser und nicht mehr rauszukriegen. Wenigstens das hat sich geändert.
Wind kommt auf, die Kinderlippen werden blau. Schnell raus, sonst haben sie morgen Husten und ich Ärger mit der Mutter. Trockenrubbeln zwischen Frottiertüchern, Fangen spielen zum Aufwärmen. Dann ein Eis für jeden. Eis im Schwimmbad: meine Erinnerung an Kinderglück, vielleicht irgendwann auch ihrs. In der verlassenen Strandbar gibt's einen Kaffee für mich. Ein stolzer Seeräuber mit gegerbter Haut und wuchtiger weißer Mähne reicht mir die kleine, schwere Tasse. Auf einmal bin ich weit weg. Irgendwo im Süden. Wir lassen uns in Liegestühle fallen. Die Jungs turnen drauf rum und juchzen „Schaukelstuhl, Schaukelstuhl". Die Haut fühlt sich nach Sonne und Wasser an. Südamerikanische Tanzmusik, nicht zu laut, nicht zu leise. „Die Musik will ich immer hören", jubelt der Jüngere. Langsam ziehen die startenden Flugzeuge aus Tegel von links unten nach rechts oben durch mein Panorama. Vielleicht wird doch alles gut.
Auf dem Rückweg sammeln wir die ersten Kastanien.

Dickes B

Ach, was soll ich sagen? War so ein Berliner Tag heute. So alles mit B: Behördenkram, BVG und Brötchen mit Fleischkäse.
Fing damit an, dass ich meine große Tochter sehen will. Die ist aber nicht da, sondern in China. Macht sie gut, studiert eifrig, ist aber nicht gerade um die Ecke. Wenn ich sie besuchen will, brauche ich einen Reisepass. Habe ich zwar, ist aber schon etwas älter. Als ich ihn aufklappe, fällt ein Visum von 2011 raus: Türkische Republik Zypern. War ein schwül-heißer Last-Minute-Urlaub, kurz bevor die Zwillinge kamen. Seither nur noch Ostsee - auch schön. Brauch ich also einen neuen. Bei der Behördenhotline meldet sich ein Mann mit sanfter Stimme: „Da kann ich ihnen heute Zehlendorf oder Neukölln anbieten." Er verkauft mir das, als sei es ein Hauptgewinn: Ein Termin am gleichen Tag, am anderen Ende der Stadt. Wenn schon raus aus dem Wedding, dann nehme ich doch lieber Neukölln, als zu den Schnöseln nach Zehlendorf zu pilgern. Außerdem verbinden Neukölln und Wedding nicht nur die gleichen Döner-Buden-Betreiber und 1-Euro-Shop-Ketten, sondern auch die U8, die Achse des Elends.
Aber heute ist alles anders. Ich soll zur Blaschkoallee. Wo ist denn das? Da war ich noch nie. Die U7 soll mich hinbringen. Nachdem ich mich in der Bahn eine Dreiviertelstunde hinter der Berliner Zeitung versteckt habe, bin ich geschockt: Eine pieksaubere Vorortsiedlung erwartet mich. Licht, Luft und leere Straßen. Na wunderbar, denke ich. Das muss einst auch Bruno Taut gedacht haben, als er einen Platz für seine Ideen suchte: Ein kleines Schild weist darauf hin: „Hufeisensiedlung 300 Meter". Ach, hier ist die also! Dieses Juwel des sozialen Wohnungsbaus der 20er Jahre, diese Bauhaus-Ikone, dieser Markstein der menschenfreundlichen Architektur. Vor 20 Jahren bin ich zu allen Bauhausstätten auf den Knien gepilgert. Das Bauhaus-Museum in Berlin, Dessau, die Meisterhäuser. Ich erinnere mich, dass ich mit meiner neugeborenen Tochter - ja, die, die jetzt in China ist

an einem eisigen Wintertag mit dem Zug nach Bernau gefahren bin, um mir eine Bauhaus-Arbeiterschule mit drei Schornsteinen anzuschauen. Jetzt also die Hufeisensiedlung. Nett, schöner Innenhof. Ein bisschen grau, ein wenig das Flair eines gebogenen Plattenbau-Riegels. Außen mehr blau. Fünf Minuten einmal rum, das war es dann auch schon. Auf den alten Schwarz-Weiß-Bildern sieht das immer so groß und edel aus, so aus der Zeit gehoben. In Wirklichkeit ist alles ein bisschen wirklicher. Und meine Interessen haben sich etwas verlagert. Deshalb kommt bei mir Begeisterung erst auf, als ich in einem der Läden am offenen Ende des Hufeisens eine echte Fleischerei entdecke. Keine Wursttheke, kein Tiefkühlregal. Eine richtige Fleischerei mit einem richtigen Fleischer! Der schlurft mit weißen Gummistiefeln und kariertem Hemd aus dem Hinterzimmer seines Ladens und ruft nach seiner Frau, auf dass sie mich bediene. Eigentlich esse ich kein Fleisch mehr. Aber hier, hier muss ich einfach eine dicke Scheibe Fleischkäse ordern, mit Brötchen und viel Senf. Ich muss einfach diese sauber sortierte Wurstauslage, diese Regale mit Eiernudeln und Backerbsen auf mich wirken lassen. Ich bin familiär vorbelastet. Meine Mutter hatte es auf dem Höhepunkt ihrer beruflichen Karriere vom Putzmädchen zur Fleischereiverkäuferin gebracht. Ganz nebenbei hat sie dabei auch dem Fleischermeister den Kopf verdreht, ohne ihn zu erhören. Um seine Leidenschaft auszudrücken, blieb dem armen Kerl nichts anderes übrig, als uns Kindern, die wir immer „mit einem schönen Gruß von der Mama" zum Einkaufen geschickt wurden, die besten Koteletts und ein besonders dickes Stück Fleischwurst mit auf den Weg zu geben. Das prägt.

Ach ja, der Reisepass - ja, ja, den habe ich beantragen dürfen. Ging alles reibungslos. In sechs Wochen soll er fertig sein. Und weil wir in Berlin sind, kann ich ihn mir nicht im Wedding auf dem Bürgeramt abholen, sondern muss wieder durch die ganze Stadt - vorbei an der Fleischerei meines Herzens.

Das Wunder vom Sparrplatz

Es wird langsam kalt. Die Dämmerung bricht herein und ich stapfe missmutig durch den frisch gefallenen Schnee. Mein Sohn hat sich auch müde gelaufen und ist in den Kinderwagen geflüchtet. Warm und weich hat er es da zwar in seinem Daunensack, aber auch er weiß nicht so recht, was er hier draußen soll. Ich brauche ein Ziel, einen Kaffee, einen guten. Das ist mein einziger Orientierungspunkt, mein einziger Gedanke. Aber wir finden nichts: Meine gewohnte Strecke durch den gentrifizierten Teil des Wedding bin ich schon abgelaufen, doch alle Cafés haben geschlossen. Es ist der Tag nach Heilig Drei König. Anscheinend sind all die schicken jungen Leute, die sonst hier ihre Latte schlürfen, noch bei den Eltern in Westdeutschland. Oder zum Skifahren oder sonst etwas Wunderbarem. Nur ich stiefele hier rum, allein mit Kind und Wagen und es wird immer dunkler. Ein wild gestikulierender Mann kommt uns entgegen. „Ist doch alles total Scheiße hier“, schreit er um sich, wissend, dass niemand seine Wut hört. „Alles runtergekommen, hier. Du auch, du Arschloch.“ Er schaut mich dabei nicht an, trampelt weiter, flucht irgendetwas anderes. Aber zum Beleidigen findet er keinen mehr. Die Straßen bleiben leer. Mir reicht es jetzt. Ich will was Warmes, Licht, ein freundliches Gesicht. Aber selbst bei der türkischen Bäckerei „Schneeglöckchen“ an der Ecke holt man gerade den Mülleimer rein.

Bleibt nur der neonkalte Späti, in dem sich zwei traurige Gestalten an einem Stehtisch festhalten. Nein, da will ich nicht rein. Da gehöre ich noch nicht dazu. Es muss etwas Anderes geben.
In mir keimt eine winzige Hoffnung. In Gefahr und großer Not muss man gewohnte Wege verlassen und sein Glück wagen. Also drehe ich den Wagen um die Ecke in eine dunkle, noch nie gegangene Straße. Irgendwo da hinten, hinter dem leeren Platz ist ein Studentenwohnheim. Da muss es doch... Mein Sohn wirft

gelangweilt seinen Handschuh in den Schnee. Und als ich mich bücke, sehe ich im Augenwinkel große, warm leuchtende Schaufenster, verschneite Tische auf dem Platz davor. Etwas in mir will an das Glück glauben. Mit dem letzten Fünkchen Hoffnung gehe ich auf die ferne Lichtinsel zu. Zweifel machen sich breit: Vielleicht ist es doch bloß ein blöder Designshop, oder wenn es ein Café ist, ist wahrscheinlich ist die Tür schon zu - zu für dich! höhnt der Kafka in meinem Kopf. Zum Glück habe ich noch meinen Bauch. Und der macht die Tür auf und weiß, dass er zuhause ist: Hohe Räume, eine festlich geschmückte Vitrine, kleine Tische, Pärchen beim gepflegten Schweigen. Ich pflücke meinen Sohn aus seinem Wagen und freue mich darauf, langsam aufzutauen, den Schnee auf dem Mantel schmelzen und abperlen zu lassen. Die Bedienung ist freundlich und adrett. Es gibt österreichischen Strudel, liebevoll mit Zucker überpudert und einen Milchkaffee ohne Schaum – so wie ich es mag. Mein Sohn sitzt still auf meinem Knie, kriegt leuchtende Augen und wir teilen den Kuchen, eins für ihn, eins für mich. Und plötzlich kommen mir die Tränen. Ich schau das blonde Knäblein an und kann es gar nicht glauben, dass der strahlende Kleine mit den roten Winterbacken meiner ist. Dass ich hier mit ihm sitzen darf und diese Stunde mit ihm verbringen kann. Dass ich so viel Glück habe. Wir bestellen noch einen Kuchen. Ich könnte ewig hier sitzen bleiben.

Als wir rauskommen, hat es weiter geschneit. Der Kinderwagen ist so eingepudert wie der Strudel. Mein Kleiner läuft ein Stück an meiner Hand. Stapft ungläubig durch das Weiß - heute ist der erste Tag in seinem Leben, an dem er im Schnee laufen kann. Die Straße ist immer noch leer und still, aber das Licht der Gaslaternen fällt warm auf uns. Es würde mich nicht wundern, wenn auf einmal der Weihnachtsmann auf seinem Schlitten angeschwebt käme und neben uns landete, die Leute freundlich lachend aus den Häusern kämen und sich umarmten. Weil heute so ein wunderbarer Tag ist - mitten in Berlin.

Beim ersten Mal tut es noch weh

Also die 850 Euro, die sind dann warm? frage ich. Ach, ja ja, das haben wir geschrieben, sagt der Wohnungsfuzzi, aber da kommen dann noch mal 70 Euro Nebenkosten dazu. Also 920? frage ich ungläubig. Ja, ja genau: 920 und das Gas für die Heizung. Da bin ich raus, sage ich matt, wie ein Skatspieler, der weiß, dass er nicht genug Trümpfe auf der Hand hat, um zu gewinnen. Ich bin wütend, rase das dunkle Treppenhaus runter, raus auf die ruhige Straße, atme die kalte Januarluft ein, schnappe mir mein Fahrrad und bin weg. Ich kann nichts machen, ich bin in meinem Stolz gekränkt, fühle mich verarscht. 15 Euro Kaltmiete pro Quadratmeter für eine lieblos sanierte 2-Zimmer-Wohnung in einem heruntergekommen 30er-Jahre-Bau in der Einflugschneise des Tegeler Flughafens - die spinnen doch!

Ein paar Querstraßen weiter komme ich zur Ruhe, halte an, wäge ab. Natürlich will ich die Wohnung. Sie liegt nur ein paar Straßen von dem Haus, in der meine Jungs wohnen. Sie ist groß genug, dass sie auch mal ein paar Tage bei mir sein können. Sie ist gut geschnitten und hat einen großen Hof mit Sandkasten - und ich habe das Geld. Ich will es nur nicht diesen Idioten in den Rachen schmeißen, jeden Monat. Langsam wird mir klar: Ich habe mich verzockt. Ich habe einfach darauf vertraut, dass es für mich in Berlin immer eine billige, große Wohnung geben wird. Eigentlich war das der Grund, hierher zu kommen. Hat die letzten 20 Jahre auch gut geklappt. Aber jetzt ist Schluss. Jetzt können die ruhig schlafen, die sich ein Häuschen hingestellt oder eine Wohnung gekauft haben. Und ich bin da, wo ich nie wieder hinwollte: Auf dem Mieterstrich. Es war meine erste Wohnungsbesichtigung. Ich muss mich an die Preise gewöhnen, muss mich anbiedern, freundlich sein, mich von der Sympathie anderer abhängig machen... Ich hasse es, schlucke meinen Stolz runter, fahre zurück, warte, bis einer der gegelten Hippster, der mit mir auf Besichtigung war, aus der Tür kommt und gehe wieder rein. Ich will die Wohnung, sage ich dem dicken Verkäufer. Er grinst, ermutigt mich und wartet geduldig, bis ich den Bewerberbogen ausgefüllt habe. Ich hoffe inbrünstig, dass es bei diesem Preis nicht viele geben wird, die bei der Stange bleiben. Das nennt man wohl Dialektik. Zur Sicherheit habe ich auch die geforderten Unterlagen in einer Mappe vorbereitet: Blütenreine Schufa-Auskunft, Mietschuldenfreiheitsbescheinigung, Gehaltszettel - der ganze finanzielle Striptease. Was machen eigentlich die, die mal daneben getreten haben, die sich was getraut haben, und jetzt eben kein regelmäßiges Gehalt haben? Wie kommen die an eine Wohnung? frage ich mich kurz. Doch der Gedanke ist sofort wieder weggewischt, denn dort, wo ich die Mappe mit den Referenzen einer soliden bürgerlichen Existenz rausholen will, greife ich nur auf einen Aktendeckel mit Unterlagen aus dem Büro zurück, mit denen ich mich am Abend noch hinsetzen wollte. Bewerbungsunterlagen? Weg, nix, nüscht, nada! Und ich merke, wie sich in mir Leere ausbreitet. Nicht nur, weil ich die Wohnung jetzt vergessen kann, sondern weil es einen blinden Fleck in meinem Leben gibt, den ich mir nicht erklären kann. Weil ich die Kontrolle verliere. Ich bin kein besonders ordentlicher Mensch, aber bei wichtigen Sachen weiß ich immer die ein, zwei Orte, wo sie sein könnten. Wenn sie da nicht sind, habe ich das Gefühl wie bei einem Filmriss, das Gefühl, dass es einen Zeitraum in meinem Leben gegeben hat, an den ich mich nicht mehr erinnere. Und das nimmt mir das Gefühl, dass ich mein Leben im Griff habe. Das ist das Schlimmste.

Macht nix, kumpelt mich der Wohnungsmakler an, dann schicken Sie mir die Sachen morgen per Mail. Ich torkle aus dem Haus und rette mich in mein Stammcafé. Ramona, die rumänische Chefin, versucht mich aufzuheitern, schenkt mir ein Stück belgische Schokolade, aber ich bin woanders, versuche mich zu erinnern, wo ich diese Mappe zuletzt in den Händen hatte. Auf dem Kopierer, auf dem Schreibtisch? Ich rufe im Büro an, meine Kollegin sucht, findet aber nichts. Ich entschuldige mich für die

Mühe, und überlege, woher ich jetzt noch eine Schufa-Auskunft bekomme, woher noch eine Gehaltsbescheinigung? Es hilft alles nichts. Ich muss los, zum Kindergarten, meinen Kleinsten abholen. Der lacht. Im Umkleideraum tauschen wir die Mützen und lachen noch mehr. Zu Hause warten wir auf die anderen. Machen Abendbrot. Wurst mit Pistazien. Pistazienwurst. Pi, Pi, Pi, Pistazien machen wir. Und dann sag ich P-Ordner. PPP-Ordner. Natürlich P-Ordner! Das ganze Bewerbungszeug ist im Büro in meinem Persönlichen Ordner abgespeichert. Das kann ich morgen als Mail rausschicken. Vielleicht hilft das noch. Ich lache und pruste: Papa hat einen P-Ordner. Und der Kleine sagt: Nochmal! Und ich sage, Papa hat einen P-Ordner. Und er lacht und sagt: Nochmal! Und ich sage, Papa hat.......

Am nächsten Tag finde ich meine Unterlagen in der Tasche, die ich bei der Wohnungsbesichtigung dabeihatte. Sie hatten sich in den Aktendeckel aus dem Büro geschoben.

War dann auch egal. Ich hab‘ die Wohnung nicht bekommen.

Heulen

Er sagte erst mal nix. Saß in seinem blauen Transporter und trat ein paar Mal aufs Gaspedal, bis der lockere Keilriemen aufhörte zu jaulen, das ausdruckslose Gesicht in Richtung Windschutzscheibe gerichtet. „Is Motor, alt", sagte er dann, ohne mich anzuschauen. Deutsch war nicht so seine Stärke. Und auch in dem kleinen, knochigen Körper hätte ich nicht viel Kraft vermutet. Aber mit Vermutungen liege ich oft daneben. Hätte ich ihn ohne seinen Wagen gesehen, hätte ich ihn für einen der Bulgaren oder Rumänen gehalten, die an der Ecke ihre Abende breitbeinig schwatzend und rauchend auf der Straßenbank verbringen. Drumherum zahnlose, rauchende Weiblein und spielende Kinder. Leben sie in der Eckwohnung für die illegalen Bauarbeiter mit den ewig heruntergelassenen Rollos oder gehören ihnen die dicken Autos mit bulgarischen Kennzeichen? Ich weiß es nicht. Man sieht sich, man geht sich aus dem Weg, man denkt sich seinen Teil. Wahrscheinlich gehörte er dazu, wer weiß?

Er und ich hätten auf jeden Fall nie ein Wort gewechselt, hätte er nicht genau an diesem Samstagmorgen auf der anderen Straßenseite seinen Transporter repariert, als ich glücklos von der Autovermietung kam, deren stark schwitzende Tresenfrau beschied, dass es in ganz Berlin keine „Robbe" mehr für mich gebe, wie die verbeulten weiß-blauen Autos für die Studentenumzüge hier schnoddrig heißen. Die Abweisung machte mich trotzig und mutig.

„Wir brauchen nicht viel zu tragen", warb ich ihn. „Wir haben einen Aufzug und ein Freund hilft." Er verzog keine Miene, fragte nur „Wann?". Und als ich „jetzt" sagte, hielt er mir seinen sehnigen braunen Unterarm so hin, dass ich einschlagen konnte, ohne an den Arbeitshandschuh mit der Farbe zu kommen. Wir einigten uns auf 30 Euro und fuhren los.

Eine Stunde später saßen wir wieder im Wagen. Der Freund war nicht gekommen und der Aufzug war zu klein für das rote

Sofa und das Bücherregal. Wir beide hatten allein meine letzten Habseligkeiten aus der Wohnung, die mal strahlend leer und zukunftsschwanger vor mir lag, als ich sie vor acht Jahren zum ersten Mal besichtigte, die Treppe herunterwuchten müssen. Die Frau, mit der ich diese Träume einst zu teilen glaubte, machte die Tür hinter uns zu.

Als der Motor sich wieder beruhigt hatte, fuhren wir einen Moment schweigend nebeneinander, mein Freund in der Not und ich. Dann fragte er „War Tochter oder Frau?". „Frau", antwortete ich einsilbig.

„Kinder?"

„Drei"

„Schade", sagte er und schaute weiter geradeaus.

Voll Retro

Es ist gerade schwer, mich zu erreichen - nicht telefonisch, aber whatsappisch oder facebookisch. Mein altes iPhone liegt vermutlich im Straßengraben der AVUS, weil es mir auf dem Weg zur Spinner-Brücke, dem Berliner Motorradtreff, aus der Lederhose gerutscht ist. Jetzt wartet es auf künftige Generationen, die sich freuen werden, wenn sie an der verwaisten Autobahn die Wiesen durchstreifen und das zerdepperte Gerät finden. Welche wunderbare Sammlung von Gold, Silber und seltenen Erden.

Es war natürlich nicht schön, das Telefon zu verlieren, gerade mitten im Umzug, wenn Handwerker Termine vereinbaren wollen, Nachmieter den Einzugstermin und und und... Also griff ich zum nächstbesten Ersatz, einem „Rentner-Handy" mit großen Tasten für 25 Euro, um meine „Erreichbarkeit" wiederherzustellen. Und was soll ich sagen? - Mir gefällt's!

Ein neues Telefon ist ein neues Telefon. Es riecht gut. Nach - na ja, nach frischem Lötzinn und Plastik vielleicht, auf jeden Fall neu - und es hat eine Betriebsanleitung, an der ich nicht verzweifeln muss. Es macht mir Spaß, dass mein Wissen von vor 20 Jahren mir noch nützlich sein kann. Menüs mit Pfeiltasten bedienen, die Doppelt- und Dreifach-Belegung der Zifferntasten zu erkunden, so was halt. Ich fühle mich zehn Jahre jünger, ganz in meinem Element. Und ein UKW-Radio hat es auch - da darf sich Apple mal eine Scheibe von abschneiden. In der Süddeutschen las ich neulich, dass das Wissen, das sich ein heute Fünfzigjähriger in seinen Zwanzigern angeeignet hat, inzwischen veraltet sei, und das Wissen, das er sich heute aneignet, sei schon in zehn Jahren wieder überholt. Ach, was für ein Quatsch. Ich habe mit 14 auf der Realschule einen Schreibmaschinenkurs gemacht und der hilft mir auch heute noch, Texte blind schneller zu schreiben als meine Tochter, die sich geweigert hat, dem väterlichen Rat zu folgen und das 10-Finger-System zu erlernen.

Aber das Schönste ist, dass mich mein neues Telefon in Ruhe

lässt. Kein nervöses Gewische in langweiligen Besprechungen, keine hoffnungsfrohen Erwartungen, dass sich irgendwer irgendwann auf einem der vielen Kanäle bei mir meldet oder meinen neuesten Blogbeitrag liked. Was bei jedem Wisch zu einer neuen Enttäuschung führt, weil wieder nix passiert ist... Nein, Ruhe! Nur Telefon und SMS. Wer ruft einen heutzutage denn schon noch an? Und wer lässt sich noch anrufen? Jeder Versuch endet auf der Mailbox - bestenfalls.

Bevor die Smartphones kamen, tat man eigentlich alles, damit man für Anrufe erreichbar war. Heute wartet man auf eine geschriebene Nachricht. Ein echtes Telefonat dagegen gilt fast schon als unfein.

Bis jetzt habe ich durch mein Opa-Telefon noch keinen Freund verloren, auch weil ich die Adressen, die mit dem alten verlorengingen, händisch von meinem altmodischen Papier-Adressbuch übertragen konnte. Auch meine Tochter, die zuerst nölte, wann ich denn endlich wieder WhatsApp hätte, hat den Weg in meine neue Wohnung dann doch gefunden, einfach so. Dass die NSA nicht mehr mitlesen kann, stört mich auch nicht. Freunden, deren Telefonnummer ich mir nicht notiert hatte, habe ich eine Postkarte geschrieben, sie sollen sich doch mal melden. Und bei einem bin ich sogar vorbeigefahren, um die Kontaktdaten zu erfragen. Er hat sich über meinen spontanen Besuch gefreut. Ist doch schön, wenn man mal wieder miteinander redet.

Kafka on the road

Flughafen Berlin-Tegel, morgens früh um Sieben. Ich habe ein Auto gemietet. Ich will meine Tochter mitsamt dem komprimierten Inhalt ihrer Berliner Teenagerhöhle in ein Studentenwohnheim in Süddeutschland verfrachten. Es ist ein herrlich sonniger Herbsttag. Doch in meinem Herzen herrscht Finsternis.

Ich habe Angst vor anonymen, übermächtigen Institutionen. Nicht vor der NSA oder dem MAD - wieso sollten die sich für mich interessieren? Auch nicht vor Bill Gates oder der Weltverschwörung. Aber wenn ich im Internet einen Mietwagen buche, online, ohne mit einem Menschen gesprochen zu haben, dann ist es mir, als begäbe ich mich in die Hände einer riesigen bösartigen Organisation, in einen Moloch mit Heerscharen von hinterlistigen unqualifizierten, unwilligen Mitarbeitern, die nichts anderes im Sinn haben, als sich das Leben leicht und mir schwer zu machen. Sie nehmen einfach mein Geld, schicken mir eine PDF. Und dann stehe ich am Schalter und es stellt sich heraus, dass das alles nichts gilt, dass meine Buchung nicht im System ist, und die feisten Angestellten stellen sich dumm.
Eigentlich ist mir das noch nie wirklich passiert. Eigentlich ist immer alles gut gegangen. Mal abgesehen von dem Kleinbus, damals in Heidelberg, der plötzlich eine Delle im Dach hatte, aber das ist eine andere Geschichte.... Selbst das verdreckte Auto, das wir im fliegenden Wechsel fünf Minuten vor dem Abflug in Ankara abgegeben haben, wurde klaglos zurückgenommen. Aber was heißt das schon? Gleich heute kann die Bosheit des Systems zuschlagen – und ich bin für immer erledigt!
Zum Termin bin ich fast pünktlich, aber nervös. Ich wollte schon vor einer halben Stunde anrufen, dass ich zehn Minuten zu spät komme - keiner geht ran. Drei Mal habe ich den Lageplan der Autovermietung nachgeschaut. Für mich sieht es so aus, als sei

die Vermietungsstation am Berliner Flughafen eine abgelegene Baracke, die, quasi unauffindbar, ganz weit weg vom Terminal liegt. Ich bin mir sicher: Das machen die extra, damit nur Eingeweihte und erfahrene Reisende sie finden. Und wer nicht pünktlich erscheint, dessen Auto geben sie ganz fix jemand anderem. Das steht bestimmt in einer klein gedruckten Einverständniserklärung, die ich irgendwo angeklickt habe. Und dann kommt es, wie ich es befürchtet habe: Das Auto ist weg und meine Tochter steht mit ihren Kartons und Plastiktüten voller H&M-Kram im Regen und schimpft mich einen Dummkopf.

Natürlich interessiert es niemanden, ob ich zu spät komme. Kaum bin ich am Flughafen, werde ich geblendet von den Wegweisern zur zentralen Autovermietung. Eine Treppe runter und ich bin da. Vor dem Schalter lässige Nordeuropäer mit souveränem Englisch, erfahrene Weltreisende. Ich bin schon ganz eingeschüchtert, als mich die adrette Frau hinter dem Schalter endlich heranbittet. Ruck, zuck habe ich ein Vertragsformular vor der Nase, das ich widerstandslos unterschreibe. Gleich um die Ecke steht der Wagen: Ein nagelneuer Golf. Die Sorgenspirale dreht sich dennoch munter weiter: Wenn ich nur wüsste, wie ich ohne Kratzer aus dem Parkhaus komme. Und dann die Stadt und erst die Autobahn! 19 Jahre habe ich meine Tochter mit Liebe beim Großwerden begleitet und jetzt setze ich leichtfertig ihr Leben aufs Spiel! Soll ich ihr nicht besser eine Zugfahrkarte kaufen und die Wohnungseinrichtung per Spedition hinterher? Mit einem richtigen Lastwagen und Leuten, die fahren können?

Die ganze Fahrt lang passiert natürlich: Nichts! Mit jedem Kilometer wächst die Zuversicht. Bald fliegen wir mit 160 dem Süden entgegen. Töchterchen hat das iPhone angeschlossen und das Navi programmiert. Ich folgte der süßen, verständnisvollen Stimme und meine Beifahrerin lobt meine entspannte Fahrweise. In Freiburg läuft alles super. Das Zimmer im Wohnheim ist schön, die Sachen schnell verstaut und schon am ersten Abend feiert meine Tochter mit einer Flasche Campari beim Zimmer-

nachbarn, während ihr alter Vater auf der Iso-Matte von Alpträumen geplagt wird.
Denn: Das System konnte mich nicht vergessen haben - das wusste ich. Unweigerlich nahte der Tag, da ich das Auto wieder abgeben musste. Noch stand es vor der Tür, mit glänzendem Lack und unbeschädigt. Doch wer weiß, was am nächsten Tag noch alles geschehen würde? Ich würde in die Stadt fahren müssen. In den engen Gassen der Altstadt einen Parkplatz erobern müssen. Und die Unversehrtheit meines Gefährts im Gewühl gegen hunderte unberechenbare Autofahrer verteidigen müssen. Und dann erst die Rückgabe! Einige Kratzer waren schon im Übergabeprotokoll vermerkt, aber sicher würde der akribische Bedienstete der Vermietung mehrfach um das Fahrzeug zirkeln, weitere Schäden entdecken, um sie mir dann unterzujubeln. Wieso kannte ich eigentlich keinen guten Anwalt?
Ein neuer Morgen. Golden scheint die Herbstsonne auf mein makelloses Auto. Und sie scheint immer noch, als ich schweißgebadet auf den Hof der Vermietung fahre. Sauber stelle ich es in Blickweite des Vermietungsbüros ab und gehe tapfer durch die Tür, um mich der Übergabeprozedur zu stellen. Mit halbem Auge linst ein junger Ladenschwengel hinter seinem Computer hervor. „Schlüssel und Papiere bitte." Pflichtschuldig reiche ich ihm das Gewünschte. Drei, vier Klicks später murmelt er: „Alles ok, vielen Dank" und will nichts mehr von mir wissen. Benommen verabschiede ich mich und torkele ins Freie. War's das jetzt? Das kann doch nicht alles gewesen sein? So viel Vertrauen hatte ich mir immer erträumt, aber nie für möglich gehalten. Glückliches Baden-Württemberg! Ist im Süden wirklich alles entspannter? Sollte ich nicht einfach hierbleiben?

Mein Glücksgefühl währt nur kurz. Schon in der Straßenbahn zum Bahnhof überläuft es mich siedend heiß: Ich habe ja gar nichts in der Hand! Kein Übergabeprotokoll, kein Nachweis darüber, dass ich das Auto überhaupt abgegeben habe. Der Jung-

spund hatte mich übers Ohr gehauen, war jetzt wahrscheinlich bereits mit dem Auto über die französische Grenze geflohen und verscherbelte es dort. Um dann hinterher den Ahnungslosen zu mimen: „Ein Auto? Habe ich nie gekriegt." Nur mit äußerster Anstrengung gelingt es mir, nicht die Notbremse zu ziehen.
Eine Woche später ist immer noch keine Abrechnung da, keine Mail, kein Schuldeneintreiber: Die Autovermietung hüllt sich in Schweigen. Ich halte diese brennende Ungewissheit nicht mehr aus. Ich will meinem schrecklichen Schicksal ins Auge sehen: Ich hatte schon gegoogelt, was ein neuer Golf kostet und überschlagen, wie viel von meinem Ersparten ich wohl schnell dafür zusammenkratzen könnte. Immer wieder hatte ich die Webseite der Vermietung besucht. Sie versprach mir höhnisch jedes Mal, dass ich schon nach 48 Stunden meine Rechnung herunterladen könne – aber ich fand nichts. Natürlich, die feisten Gesellen in der Zentrale wollten ihren Triumph auskosten. Sie wissen, dass ich nichts in der Hand habe, um mich gegen ihre dreisten Forderungen zu wehren, die sie jetzt genüsslich in die höchsten Höhen schrauben würden. In meiner Not rufe ich die Hotline an.

Warteschleife, Knacken, dann eine Begrüßung in einem Deutsch, das die Weiten des Ostens anklingen lässt. Aha! Sie sitzen also im Osten...! Alles klar. „Ihre Rechnungsnummer bitte", fordert die dunkle Frauenstimme. Dann Tastaturgeklapper, Straßengeräusche. Wo war ich? Mit wem sprach ich? „Ihre Rechnung ist noch nicht fertig", kommt es mit einem harten Akzent von der anderen Seite der Leitung, „es gibt da ein ... Problem." Es durchfährt mich, als hätte ich statt des Telefons ein Starkstromkabel in der Hand. Ich war zum Problem im riesigen, weltumspannenden Netz dieses Unternehmens geworden, und ich wusste, wie solche Organisationen mit Menschen umgehen, die ihnen Probleme machen. „Welches Problem?", frage ich zaghaft. „Ich kann das heute nicht mehr klären, wir sind in Ungarn und es ist Feiertag. Wir schicken Ihnen morgen eine Mail." Ungarn also.

War das die neue Filiale von „Russisch Inkasso“? Ich hatte noch 24 Stunden Zeit, in denen ich mich entscheiden konnte, ob ich vor den bezahlten Häschern fliehen oder ob ich mich einfach totstellen sollte.
Oder durfte ich hoffen? Hoffen auf die winzig kleine Chance, dass das System mich vergessen würde? Ich habe nie eine Mail bekommen. Ich habe auch nie eine Rechnung bekommen. Nach zwei Wochen erhalte ich einen kleinen Brief, dessen Absender ein Briefzentrum in Belgien ist. Er enthält einen Verrechnungsscheck über 70 Euro.
Jetzt warte ich darauf, dass das System merkt, dass es sich geirrt hat. Sie werden mich nicht vergessen – ich weiß es.

Die Mutter des Weihnachtsmanns

Die blasse Postkarte zeigte ein Landschaftsgemälde aus dem 18. Jahrhundert. Mit Bleistift war darauf geschrieben: „Wir planen eine Einladung zu einem kleinen Abendessen, um unseren neuen Nachbarn kennenzulernen." Unterschrift unleserlich. Ach, wie nett, dachte ich. Die Bestimmtheit, mit der das Anliegen formuliert war, ließ mich an eine ältere Dame denken, die auf gute Umgangsformen Wert legt. Und tatsächlich hatte ich mich nicht im Haus vorgestellt, nachdem ich eingezogen war, was sich ja eigentlich gehört - oder mal gehört hat.
Aber doch nicht im Wedding. Die vierschrötige, wortkarge Berlinerin unter mir, die ich in ihrer Gartenbauerkluft für die Hausmeisterin hielt, die den graugrünen Leinsockel im Flur mit Blümchen und Katzenbildern verschönert, hatte mir gereicht. Als ich bei ihr klingelte, um Bescheid zu geben, dass ich am Sonntag mal ein paar Löcher bohren müsste, öffnete sie den Mund, wölbte ihre Zunge, die mit einigen Leberwurstresten belegt war, nach vorne, überlegte kurz und grunzte: War ja ooch schon laut vergangenen Sonnahmnd. Eine Katze schlich zwischen ihren Beinen hervor. Ich fragte, wie viele sie denn habe. Neune, sagte sie, aba varpfeifn se mich nich bei der Verwaltung. Türe zu.
Die steinalten Leutchen überm Flur wollten auch keinen Kontakt. Als ich bei ihnen wegen eines Päckchens klingelte, war die Tür gleich wieder zu. Eine Treppe höher das Gleiche. Das schien der Ton im Haus. Aber jetzt die Karte.
Zwei Wochen später die nächste Nachricht. Eine Karte mit einem Motiv aus Kew-Gardens bei London. „Freitag, 19 Uhr würde uns gut passen." Inzwischen sogar zwei Unterschriften darunter. Ich konterte mit einer eigenen Karte (Landschaftsmalerei, 19. Jahrhundert) und sagte zu. Wie gespannt ich war auf dieses Dinner für drei – ich stellte mir einen Abend mit Miss Sophie und ihrem Butler vor. Aber am Tag zuvor traf ich im Hausflur auf eine schwarzhaarige Frau, etwa in meinem Alter, begleitet von einer

jüngeren, baumlangen Blonden in Felljacke. Sie freuten sich auf unsern Abend, gaben sie mir zu verstehen Ok, dachte ich, ein lesbisches Pärchen. Das wird nicht einfach.
Mit einer Flasche Wein klopfte ich im vierten Stock. Die kleine Schwarze öffnete, war geschäftig am Telefon und winkte mich ohne Gruß in die düstere Wohnung. Dunkle alte Möbel, verblasste Landschaftsmalerei an der Wand, Teppiche auf dem Boden. Wer so wohnt, wohnt so schon lange. Als ich eine Weile mit der Hauskatze gespielt hatte, machte ich mich bemerkbar. Ohne Zeichen von Verlegenheit legte meine Gastgeberin das Telefon weg. Das Gespräch war nicht nach ihren Wünschen verlaufen. Die Nachbarin kommt noch nicht, sagte sie, weder freundlich noch entschuldigend. Wie immer, setzte sie noch hintendran. Der Tisch war gedeckt, aber einen Platz bot sie mir nicht an. Auch schien sie von mir zu erwarten, dass ich das Gespräch bestritt. Ich versuchte es mit den Landschaftsbildern. Ach, die habe ich bei ebay ersteigert, aber langsam keinen Platz mehr dafür. Ende des Gesprächs.
Mir wurde klar, dass ich hier kein Gast war, sondern ein Aspirant. Das würde ein Vorstellungsgespräch werden. Wir plänkelten ein bisschen über den Garten und meine Zufriedenheit mit der Wohnung, da bekam ich schon das Du angeboten. Also Marlene. Ich gehörte jetzt zur Familie. Seit „Der Pate II" weiß ich, was das bedeutet. Endlich schneite die Nachbarin herein. Plappernd, lächelnd, Grande Dame, aber die Hausherrin blieb klar die Chefin am Tisch, an den wir uns endlich gesetzt hatten. Was macht der Syrer? fragte die Madame, als ob ich nicht dabei wäre. Die Schwarze winkte ab. Der kommt nicht mehr, seit ich ihm über die Aufnahmeprüfung geholfen habe. Männer blieben das Thema des Gesprächs, zu dem ich nur wenig beizutragen hatte. Meistens Männer, die schon wieder weg waren. So wie der Vater der großen Tochter, die Blonde vom Tag zuvor, die kurz, in einen roten Sportdress gewandet, erschien und sich von Mutti den Rücken richten ließ, bevor sie unter mehrfachen

Ermahnungen, Fahrradhelm und Schutzweste zu tragen, aus der Wohnung floh. Zwischendrin drückte sie mir noch ein lustiges Taschenbuch in die Hand: Sie haben doch Zwillinge. Es blieb das einzige Zeichen des Willkommens an diesem Abend. Kaum war die Tochter weg, war ich mit Sylvia und Marlene per Du und wir kamen endlich auf das Thema unseres Geschäftsessens: Das Haus und die Bewohner. Der Trinker im Dritten, der mit der Tochter der Hausmeisterswitwe aus dem Parterre verheiratet war. Der Sohn der Gartenbaufrau, der zuvor in meiner Wohnung wohnte, ständig Party machte und dann endlich rausflog, weil seine Mutter selbst ihn bei der Polizei angezeigt hatte. Die leise Frau mit den Zwillingen, deren Vater man nie sieht. Das irre Projekt der Hausverwaltung, das Marlene erfolgreich verhindert hatte, einem Erfolg, dem ich auch meine Wohnung zu verdanken hätte: In unseren wunderbaren großen Garten sollte ein weiteres Wohnhaus gesetzt und dafür im Vorderhaus zwei Wohnungen für die Durchfahrt abgerissen werden.
Ich glaube, Marlene wollte mir zeigen, wer im Haus die Fäden in der Hand hält. Wenn ihr schon immer die Männer wegliefen und der Sohn ein Tunichtgut war – aber sie hatte zumindest in den letzten 25 Jahren das Haus unter ihre Kontrolle gebracht. Wenn der alte Fred sich endlich zu Tode gesoffen hat, kriegst du seine Wohnung, Sylvia, da sorge ich für, sagte sie zur Verabschiedung zur Nachbarin. Auch für mich fiel was ab. Ich brauchte noch einen Weihnachtsmann für meine Jungs. Eine Nachricht an ihren Sohn ging sofort raus. Wenn er nicht wieder total spinnt, sagte sie lakonisch, steht er an Heiligabend um Fünf vor deiner Tür.

Zusammenrücken

Wenige Tage, nachdem ich in meine neue Wohnung eingezogen war, hatte ich einen seltsamen Traum. Zwei dunkle Wesen standen plötzlich in meinem Schlafzimmer und betrachteten mich. Sie waren nicht zufrieden mit mir, das spürte ich deutlich. Die Präsenz war so real, dass ich fühlte, wie sie mich anfassten...

In Panik wachte ich auf. Ich brauchte eine Weile, bis ich merkte, dass da niemand war, packte meine Sachen und schlief im Wohnzimmer. Vorsichtshalber ließ ich das Licht an. In der nächsten Nacht derselbe Traum, diesmal allerdings kam nur ein Besucher. Danach war ich bereit, auszuziehen.

Irgendetwas stimmte nicht mit dieser Wohnung. Hatte nicht die Nachbarin erzählt, dass sie, obwohl frisch renoviert, unverständlicherweise viele Jahre leer gestanden hatte? War es nicht sowieso seltsam, dass es keinen anderen Bewerber auf dieses Schmuckstück gegeben hatte? Und warum war die Vermieterin sofort bereit gewesen, mir einen weiteren Besichtigungstermin zu geben, nachdem ich den ersten verpasst hatte? Und das in Berlin, wo sich auf jede Wohnung Hunderte bewerben? Ging es hier mit rechten Dingen zu? Hatte nicht die Frau unter mir, die mit den neun Katzen, die schon seit vielen Jahren hier lebt, neulich nicht verräterisch freundlich gelächelt, als sie mich sah? Das konnte alles kein Zufall sein. Es hätte mich nicht gewundert, wenn an den frisch geweißelten Wänden plötzlich ein Blutfleck aufgeschienen wäre oder ich die Stimme eines Geistes gehört hätte, der mir davon berichtete, wie qualvoll er in diesen vier Wänden zu Tode gekommen war; ein ungesühntes Verbrechen, das alle Bewohner dieser Wohnung dazu verdammte, hier ihr Unglück zu finden. Ich bin kein Mensch, der an Übersinnliches glaubt: Ich habe noch nie ein Buch von Stephen King gelesen und über das Gespenst von Canterville herzlich gelacht.

Eine Freundin, die ich ins Vertrauen zog, riet mir, einen Schamanen zu holen. Sie sei in eine Wohnung gezogen, in der sie nicht

habe schlafen können. Der Schamane habe herausgefunden, dass zuvor ein Paar mit einer mörderischen Beziehung dort gewohnt hätte. Der kundige Mann habe seine Rituale vollzogen und seitdem schlafe sie wieder gut. Sie gab mir seine Adresse.
Nun leben wir im 21. Jahrhundert, und obwohl ich den Schamanismus für eine Tradition halte, die tiefe Schichten der Seele zu erreichen vermag, suchte ich doch lieber nach einer Erklärung, die ich mit dem Verstand einigermaßen nachvollziehen konnte. Dabei kam mir eines Tages das Wort „Wohnraumbewirtschaftungsgesetz" in den Kopf. Das mag nun einigen Menschen seltsamer vorkommen als Schamanen oder ein Traum von verdammten Seelen und ungesühnten Verbrechen. Aber ich habe nun mal sieben Jahre meines Lebens den Rechtswissenschaften geopfert: Juristen denken manchmal solche Worte. Das Gesetz wurde 1953 erlassen und erlaubte es den Behörden, bei Wohnungsnot Menschen in Wohnungen einzuweisen, in denen bereits andere lebten. Sofort kamen mir die Erzählungen meines Vaters in Erinnerung, der als schlesischer Flüchtling bei einer ostfriesischen Bauernfamilie eingewiesen worden war, die ihm das Leben schwer machte.
So langsam kam ich meinem Unterbewusstsein auf die Schliche: Ich wurde nicht von bösen Geistern heimgesucht, ich hatte ein schlechtes Gewissen. Drei Jahre war ich in meiner kleinen Einraumwohnung prima klargekommen. Nur wenn meine Jungs kamen, wurde es etwas eng. Und jetzt gönnte ich mir das, diesen den Luxus von viel Platz in hellen Räumen, sogar mit einem eigenen Zimmer für die Kinder, die nur wenige Tage im Monat da sind. Ist das nicht ein bisschen dreist, in Zeiten, in denen so viele eine Wohnung suchen? Sollten wir nicht alle ein wenig zusammenrücken?

Ja, sollten wir. Heute parkte ein bis unters Dach vollgestopfter Citroën Berlingo vor meiner Tür ein. Die Fahrerin benötigte drei Anläufe, aber dann stieg sie stolz mit roten Backen aus und umarmte mich. Meine große Tochter ist mit dem Bachelor fertig. Wenn ich es richtig verstanden habe, hat sie im März ein Praktikum und bis dahin weiß sie nicht so recht, was machen und wohin. Und was macht man als guter Vater? Man trägt die Kartons, in denen sich vor allem ungezählte Paar Schuhe in unterschiedlichen Phasen des Zerfalls befinden, brav nach oben in das größte Zimmer, den schweren Futon hinterher und auch die roten Ölfässer, die er in seinen wilden Zeiten zu einem Schreibtisch zersägt hatte und die von der Tochter in Ehren gehalten werden. Ich hoffe, dass mich die missgünstigen bösen Geister jetzt in Frieden lassen. Ruhiger wird es wohl trotzdem nicht werden in meinem Zuhause.

Rallye solo

Es gibt auch Regen in der Toskana. Schon dafür hat sich die Reise gelohnt. Toskana mal ohne das ganze „Gutshaus auf dem sanften Hügel“-Gedöns. Eine öde Landstraße, eine Weggabelung, eine Bar und sonst nichts. Ich muss nach links, nach Follonica, das klingt gut, das klingt nach verrückt und liegt am Meer. Das hat mir die Motorina mit der edlen Lederjacke und dem lustigen italienischen Englisch in Siena empfohlen. „This is our favorite road. It‘s perfect. They straigtend it a bit after too many of us had accidents.“ Eine aufregende Straße. Aber ich bin müde und will einen Kaffee und meine Regenklamotten anziehen. Mal schauen, wie es weiter geht. Wenn überhaupt. Wer hat schon Lust auf eine kurvige Straße, wenn sie nass ist? Die Bar am Straßenrand ist einfach eine Bar für Leute, die hier vorbeikommen und weiterwollen. Der Wirt hat keine Lust zu reden. Ich auch nicht. Ist gut so.

Seit drei Tagen bin ich unterwegs, will die Strecke der Ralley Mille Miglia abfahren. Wieder so eine Idee von mir. Ohne Navi, ohne Smartphone, ohne bella compagnia. Früher waren wir öfter zusammen im Süden. Nach unserer ersten gemeinsamen Fahrt habe ich die Sitzbank verlängern lassen, damit sie ihre langen Beine ausstrecken kann. Jetzt ist da ein Gepäcknetz mit meinem Proviant. Ist aber trotzdem gut gelaufen, die Reise, bisher. Das alte Motorrad ist meine Eintrittskarte. Als ich vor einer verschlafenen Bar in der Po-Ebene Halt gemacht habe, kamen die alten Männer raus, um meine Moto Guzzi zu bestaunen. „Anni settanta, anni settanta“ und dann erzählten sie mir ihre Erinnerungen aus den Siebzigern. Ich verstand kein Wort, aber einer war so aufgeregt, dass ihm fast die falschen Zähne rausflogen. Die Chinesin hinter der Bar mit dem Gesicht und der Frisur eines Sumo-Ringers verzog keine Miene. Die Jungen auch nicht. Sie guckten meine Maschine an, als würde sie noch mit Dampf betrieben, setzten sich auf ihre koreanischen Motorroller und waren weg. Oder der Tankwart in Modena, einer der wenigen, die noch nicht von den vollautomatischen Zapfsäulen ersetzt worden sind: Graue Lockenmähne, melierter Bart, rote Tankwartsjacke, kurze Hosen, Badelatschen. Er hockte gelassen auf seinem Schemel. Die Arme verschränkt, hörte er sich an, wie ich in meinem Volkshochschulkurs-vor-zwanzig-Jahren-Italienisch nach dem Weg fragte. Dann antwortete er in klarem Englisch: „First right, then left, then it will become complicated. You better ask." Er schaute auf mein Motorrad: „Nice bike." „It's italian", antwortete ich. „I know!" antwortete er, verschränkte die Arme wieder und machte klar, dass die Unterhaltung damit zu Ende war. Er könnte auch Türsteher im Berghain sein.

Und wo soll ich jetzt hin? Mein Zimmer hab' ich in einem Hostel in Pisa gebucht. Das sind noch mindestens 150 Kilometer. Ich übernachte in Hostels, habe sogar meinen Jugendherbergsausweis dabei. Den kriegt man, wenn man auch jenseits der 50 kleine Kinder hat. Als ich die Karte in Rimini zum ersten Mal auf den Tresen legte, schaute die Empfangsdame ratlos und sagte: „Nice." Ich zeigte auf das Jugendherbergszeichen an der Tür und sie lächelte: „We are having a party here, sorry. It will be loud tonight." Als Trostpflaster gab sie mir einen Gutschein für einen Cocktail an der Bar. Was hatte ich in Rimini erwartet? Früchtetee und einen Stempel in mein Wanderbuch?

Der Regen hat nachgelassen, also weiter. Die Straße zieht sich. Es gibt einen Lastwagen vor mir, der mich mit Sprühregen einnebelt, den ich aber unmöglich überholen kann, weil er schneller durch die Kurven jagt, als ich es je wagen würde. Kurz vor der Küste reißt der Himmel auf und dann ist da eine Trattoria hinter einem großen Parkplatz. Wie früher in Frankreich, die Relais des Routiers, vor denen die Lastwagen kilometerweit standen während die weinseligen Fernfahrer ihre lange Mittagspause machten.

Ich geh rein und bin in einem Fellini-Film. Die Mittagspause ist

vorbei. Nur zwei Jungs mit dichten, dunklen Haaren und schicken Frisuren sitzen da mit ihren Schulmappen und erzählen sich wichtige Sachen mit dem Eifer, wie ihn nur Zehnjährige haben können. Die Oma bringt zwei Teller mit Pasta. Sie schlingen sie rein, ohne mit dem Reden aufzuhören. Der Opa kommt und nimmt einen auf den Schoß, aber der will - wohin? Natürlich zur Mama. Die Mama steht hinter der Bar, ist groß und blond, nimmt ihn an die dicke Brust und tröstet ihn. Ich muss warten, bis ich dran bin. Dann gibt‘s für mich Carpaccio vom Fisch und Aqua frizzante. Keinen Wein? fragt sie. Nein, keinen Wein. Das Motorrad... Wir haben auch kleine Gläser, lockt sie mich. Nein, danke. Es ist ein Elend, Italien ohne Wein.
Dafür das Meer. Über hässliche Industriestraßen, durch dutzende Rotondas, wie hier die Kreisverkehre mit den winzigen, verwirrenden Wegweisern heißen, und vorbei an rostigen Werften bin ich endlich da. Ich stelle den Motor ab, sehe die Fähren nach Elba ziehen und stehe augenblicklich im Wasser. Die Sonne hat wieder ihre volle Kraft und lässt mich in der Lederjacke schmoren. „Ich muss weiter, immer weiter, meinem Glück hinterher“, singt mir Hans Albers. Und ich habe Glück! In einem mit Oleander überwucherten Winkel zweier verschlungener Rotondas finde ich das ausgeblichene blaue Schild nach San Vincenzo - die Küstenstraße, die alte Via Aurelia - jenseits der neuen Superstrada. Über viele wunderbare Kilometer bauen riesengroße, leicht einander zugeneigte Pinien ein schattiges Dach über mir. Durch Dörfer zieht die Straße, vorbei an kleinen Läden und Bars. Rechts ab gehen schnurgerade Pinienalleen, die zu alten Weingütern führen. Ruhig wie ein Schiffsmotor bollert meine Guzzi. Das ist die Straße, das ist die Geschwindigkeit, für die sie gemacht ist. Ich werde später noch in die Berge fahren und durch enge Kurven jagen. Und auch das macht Freude. Aber das hier, diese Straße, dieses Italien, das war es, was ich erleben wollte.
Als Öko-bewegter Zivi hing in meinem Zimmer ein Plakat mit dem Spruch „Was wäre der Mensch ohne den Trost der Bäume?“

Und heute will man ja sogar wissen, dass Bäume auch sprechen können. Was würden die Pinien an der Via Aurelia mir Don Quichotte auf meinem alten, weißen Ross hinterherrufen wollen? „Arrividerchi motociclista. Ci vediamo!“

Sommermärchen 2018

Als wir mit unseren Booten kurz vor Sonnenuntergang durch den Schilfgürtel stoßen, sehen wir sie. Vor uns auf dem sanften Hügel schmiegen sich Hobbit-Hütten, klein und geduckt mit filzigem, rundem Dach in die sandige Wiese. Entfernt rauscht ein Bach. Sonst ist nichts zu hören als eine Haubentaucherin, die mit ihren Jungen eins ums andere im See verschwindet und wieder herausploppt. Wir müssen die Grenze zu Mittelerde überschritten haben.

Am Ufer erwartet uns ein entspannt lächelnder Hüne, der seinen langen, weißen Bart durch eine Holzperle gebunden hat. Er hilft uns, unsere Boote an Land zu bringen. Wir Gefährten haben unser Ziel erreicht. Weiter von der Wirklichkeit kann man nicht entfernt sein als an diesem Flecken im Sumpfgebiet zwischen Brandenburg und Mecklenburg.

„Kommt ins Gasthaus", raunt uns der Riese zu, „ihr seid gerade noch rechtzeitig." Ich folge ihm arglos, doch meine Begleiter wissen, von welcher Macht der Alte geleitet wird und wohin er uns locken soll. Ich wollte ehrlich der Welt zu entfliehen. Aber sie holt mich ein: Auch hier werden diese Signale empfangen, die Gesichter blau aufleuchten lassen. „Zweite Halbzeit fängt gleich an. Die Schweden führen 0:1", murmelt es hinter mir. In den Zeiten Mordors brauchte es einen Ring, um alle zu binden. Heute sind es flache, schiefergraue Scheiben und ein Ball. Hatte ich wirklich geglaubt, ich könne „Schland" entkommen? An diesem Tag? Die Tür zum Gasthaus öffnet sich.

Es ist ein schrecklicher Anblick, der sich uns bietet. Ein Haus voller Besessener mit glasigen, verzweifelten Blicken. Alle Waldbewohner und die Gäste aus den Hobbit-Hütten haben sich um eine bunt flackernde, lärmende Röhre versammelt. Schon haben wir ein Bier in der Hand und stieren wie die anderen auf das flimmernde Bild mit weißen und gelben Männchen. Und der Zauber, der alle bindet, erfasst auch mich. Als ein blonder Mann

mit streng gescheiteltem Haar den Ball in der letzten Minute des Spiels in einem eleganten Bogen ins Tor der Gelben schießt, liege ich mir mit einem wildfremden Mann aus Sachsen in den Armen, Freudentränen in den Augen. Das öffentlich-rechtliche Ecstasy macht uns zu einem einigen Volk von Brüdern.
Schnitt.

Eine Woche später, Berlin Wedding - jenseits von Mittelerde.
Ich mäandere mit meinen Zwillingen am Samstagmittag durch den Kietz. Bei Edeka waren wir schon, in der Stadtbücherei auch und auch im Bio-Laden, weil wir den Salat vergessen hatten und einer mal pullern musste.
Von den Männern in Weiß und Schwarz spricht niemand mehr. Und wenn, dann mit verkatertem Hohn über die Dummheit, mit der man sich habe hinters Licht führen lassen, als säße man in der Matrix. Aber Fußball gibt's immer noch.
Vom Sportplatz, auf dem jede Nacht unter Flutlicht bis um kurz vor Mitternacht gebolzt werden darf, klingt Männer-Geschrei. Afrikanische Beats liegen in der Luft. Vorsichtig tasten wir uns heran. Das Tor des Fußballplatzes steht weit offen, aber wir trauen uns nicht so richtig rein. Was ist das hier? Die Spielfelder sind voll von schwarzen jungen Männern in bunten, improvisierten Trikots. Aus den Lautsprechern krächzt die Stimme eines völlig überforderten Organisators mit einem sehr anstrengenden Akzent: „Also die Berliner Jungs spielen jetzt auf Feld B gegen Carl Zeiss Erfurt... nein, Moment (das Micro wird knackend weggelegt) es ist Feld C und bitte die „Jeunesse Berlin" auf Feld C, nein B - ist jemand von der Jeunesse da? Nein, und ihr da geht jetzt mal hier weg, den Platz brauchen wir für die Siegerehrung...". Es gibt keine erkennbare Ordnung, aber viele lachende und entspannte Gesichter. Meine Jungs kennen die Anlage noch aus der Zeit, als sie hier mit der Kita turnen gingen, als es noch Personal dafür gab, aber sie trauen sich nicht rein. „Dürfen wir?", fragen sie. Erst als sie „Schulle" sehen, unsere kräftige, bis an die Ohren

tätowierte und gepiercte Nachbarin mit dem Kurzhaarschnitt, die im Turnverein die Jugend trainiert, wagen wir uns weiter.
Wir landen zwischen zwei Teams, den Roten und den Gelben, die ihrem Spiel entgegenfiebern. Meine Jungs sind wie elektrisiert, echte Fußballer! Alle so 18, 19, nervös, der eigenen Kräfte nicht ganz sicher, aber mit gespielter Coolness sich selbst vergewissernd. Anerkennende Blicke gehen auf das Spielfeld, wo anscheinend der Gruppengegner gerade die gegnerische Mannschaft austrickst. Eine halbe Stunde und zwei Spiele später sitzen die Roten wieder da. Sie haben ein Spiel gewonnen, sind Gruppensieger geworden. Und haben im nächsten Spiel verloren. Zwei von ihnen haben Verbände am Kopf, nachdem sie in der Luft zusammengestoßen sind. Ihr Torwart hat ziemlich oft danebengegriffen. Um sich zu entspannen, übt er in einer leeren Ecke mit seinem kleinen Jungen. Der Kleine ist stolz, weil er auch die großen Torwarthandschuhe haben darf.
Die roten Jungs rechnen. Es reicht für den vierten Platz, sie sind zufrieden mit sich. Sie wissen, dass sie nicht die Größten sind und viel daneben ging, aber das ist egal. Es gibt einen Pokal für sie, und das freut sie. Den Fairness-Preis. Er wird von einer Integrationspolitikerin verliehen, die ihr schönstes Kleid angezogen hat. Neben ihr stehen vier weitere Frauen: SPD, Linke, Grüne und eine vom Bezirk. Alle finden wichtige Worte. Die Jungs sind schwer beeindruckt. Dann werden Faxen mit dem Handy gemacht und stolz vor dem Pressefotografen posiert. 11 Freunde sollt ihr sein - das gibt es also wirklich noch, Fußball mit menschlichem Antlitz. Ich könnte Fan werden.
Meine Jungs spielen an diesem Abend zum ersten Mal allein im Hinterhof Fußball, ohne dass ich mitkicken muss. Auf dem Bolzplatz im Kindergarten wollen sie es am Montag mal allen richtig zeigen.

Beginne mit einer Explosion...

... und steigere dich dann allmählich. Das ist das Rezept, nach dem Hollywood- Blockbuster gedreht werden. Filme, die sich die Menschen anschauen, um ihr wirkliches Leben für eine Weile zu vergessen.
Das wirkliche Leben beginnt langsam, morgens um drei, wenn mein Jüngster mit kalten Füßen in mein Bett krabbelt und ich schweigend, aber beharrlich beginne, um meinen Teil der Bettdecke zu kämpfen. Einer der vielen vergeblichen Kämpfe, die den kommenden Tag noch prägen werden. Das wird spätestens um sechs klar, wenn die ein Meter breite Matratze dann für vier Kerle reichen muss, von denen einer angeblich der Erziehungsberechtigte ist. Einer gegen Drei, das ist nicht fair. Aber so ist das Leben, das wirkliche. Es funktioniert einigermaßen, wenn die Burschen gut gelaunt sind. Aber wenn schon beim Frühstück der Übermut so groß ist, dass die startenden Düsenflieger über unserem Haus übertönt werden, dann heißt das nichts Gutes.
Und doch ist es uns am Abend wieder gelungen, den Tag mit seiner Serie von Dreikämpfen (Frühstück-Zähneputzen-Anziehen; Spielplatz-Kinderbauernhof-Bioladen; Schuhe aus-Hände waschen-Abendessen) so weit durchzustehen, dass ich zumindest nicht durch technisches K.O. ausgeschieden bin. Die gegnerische Mannschaft hat so viel Kraft verschwendet, dass die Bratkartoffeln mit Begeisterung begrüßt werden und alle tatsächlich mit den Würstchen warten, bis der Vater den Ketchup aus dem Kühlschrank geholt hat.
Es ist ein Augenblick höchster Konzentration. Vor zwei Wochen hatten die unbedachten Kinderhändchen den Verschluss der Ketchupflasche gelöst, bevor der Vater mit kräftiger Hand mit dem Schütteln des zähen Safts begann. Eine halbe Flasche rote Tunke auf dem Fußboden und ein johlendes, minderjähriges Publikum hatten dem Abend eine unangenehme Wendung gegeben. Die multimedial gebildete Jugend hatte augenblicklich alle schaden-

frohen Zitate aus „Meister Eder und sein Pumuckl“ parat, die um listig aufgedrehte Wasserhähne, ausgeschüttete Leimtöpfe oder ähnliches kursierten. Der Abend wurde lang. Und für einen solchen langen Abend wird meine Kraft heute nicht mehr reichen. Immerhin erlebe ich diese Abenteuer in einem Alter, in dem mein Vater die Tage bis zu seinem Vorruhestand zählte.
Mit sicherer Geste prüfe ich den Verschluss, ziehe ihn noch mal extra fest und schüttele... Alles gut. Zumindest dieser Abend würde auf dem gewünschten Gleis Richtung Zähneputzen-Sandmännchen-Gute-Nacht-Geschichte laufen. Aber die Filme aus Hollywood sind doch nicht so weit weg vom Leben, wie ich gedacht hatte. Niemand hat schließlich gesagt, dass die Explosion am Anfang des Tages passieren muss. Der Film beginnt einfach in dem Moment, an dem irgendetwas in die Luft fliegt.
Und der Moment ist jetzt!
Als ich die Ketchupflasche aufschraube, knallt der Verschluss wie ein Champagnerkorken in Richtung Decke. Und hintendrein, gut aufgeschäumt, eine halbe Flasche fein vergorener Tomatensaft. Augenblicklich weiß ich, welcher Film hier läuft. Es ist ein Splatter-Movie.
Die Küche hat sich in ein Schlachthaus verwandelt, ich mich in einen Zombie und die Kinder sehen schrecklicher aus als vorgestern in ihren Halloween-Kostümen. Immerhin: Niemand ist wirklich verletzt, die Flasche blieb heil. Aber für einen optischen Schock hat es gereicht.
Was mich am meisten überrascht, ist die Ruhe. Nicht, dass tatsächlich Stille eingekehrt wäre an unserem Küchentisch, im Gegenteil. Es war, als hätte ich an einem Kindergeburtstag ein Tischfeuerwerk gezündet. Die mit roten Flecken überzogenen Kinder rezitierten mit sich überschlagenden Stimmen wieder und wieder den Satz schieren Erstaunens, der mir eine Sekunde nach dem Knall entfahren sein muss und den ich hier aus Gründen der Selbstachtung nicht wiedergebe.
Es war die Ruhe in mir, die mich erstaunte. Es war mir völlig

klar, dass ich in den nächsten zwei Stunden die kreischende Bande waschen, umziehen, ins Bett bringen und gleichzeitig die gesamte Küche und alles, was sich darin befand, einmal abwaschen musste, wenn ich nicht die nächsten Wochen mit Renovierungsarbeiten oder die Nacht mit immer lauter werdenden Ordnungsrufen im Kinderzimmer verbringen wollte - und es war mir klar, dass ich das tatsächlich schaffen würde.

Es ist jetzt kurz vor zehn, in der Waschmaschine läuft eine Trommel Kinderkleider mit dem Programm „Intensiv", die Jungs haben brav ihre Würstchen aufgegessen, das Geschirr abgewaschen und schlafen seit einer Stunde. Ich weiß jetzt ungefähr, wie sich die Trümmerfrauen gefühlt haben müssen, aber ich weiß noch nicht, ob ich heute Nacht ein Auge zubekommen werde. Doch das ist alles egal: Ich wollte schon immer ein Leben wie im Film.

Erwachsen werden

In der leeren Küche steht auf dem abgewischten Tisch ein übriggebliebenes, rotes Halma-Männchen. Schwer vorzustellen, dass dieses Männlein und seine bunten Freunde noch vor ein paar Stunden der Grund für ein existenzielles Drama unter Brüdern waren. Tränen, Geschrei, Schläge, Türenknallen, Anschuldigungen, Schmollen, Decke über den Kopf ziehen und theatralische Abgänge. Das Spiel, das gegeben wurde, hieß „Mensch ärgere dich nicht" und sowohl die Söhne als auch der Vater sind noch weit entfernt davon, den gut gemeinten Befehl des Spieleerfinders zu befolgen und Gelassenheit walten zu lassen. Es fochten Bruder gegen Bruder, Vater gegen die Söhne (in abwechselnder Folge), Söhne gegen den Vater. Es wurde an den falschen Stellen gelacht und mit Häme nicht gespart. Wer die Szene von außen betrachtet hätte, hätte meinen können, es ginge um das Verteilen des väterlichen Erbes oder ähnlich schicksalhafte Entscheidungen. Und irgendwie hätte er damit recht gehabt.

Dann war alles still. Von einem Augenblick auf den anderen verlor das Spiel seine Bedeutung. Das war, als ich auf die Uhr schaute und sagte: Zieht euch an, in zehn Minuten kommt Mama. In der üblichen Hektik wurden Sachen in Taschen gestopft, Socken gesucht, Klamotten aufgesammelt. Aber irgendwas geht immer unter.

In der nun ruhigen Wohnung stehen verlassene Spielautos in Ecken, liegen Vorlesebücher auf dem Bett und der Sonnenhut, der eben nicht zu finden war, liegt in der Lego-Kiste, in der die Jungs auch ihre bewundernswerten Bauwerke versteckt haben. Bis zum nächsten Mal.

Ich werfe alles, was ich finde, ins Kinderzimmer und mache die Tür zu. So mache ich das jedes Mal, wenn die Kinder weg sind. Es dauert immer eine Weile, bis ich den Anblick des leeren Zimmers ertrage. Das Halma-Männchen hatte ich übersehen. Irgendwie macht es mich traurig. Wie oft werde ich noch mit ihnen spielen, bis sie in ihren eigenen Spielen verschwinden, zu denen ich keinen Zugang mehr habe?

Im sonnenheißen Garten wartet noch das halb aufgeblasene Planschbecken von gestern darauf, wieder im Keller zu verschwinden und auch die Picknickdecke, die die Kinder ausgerechnet zwischen den Müllcontainern für das Abendessen aufgeschlagen hatten. Kurz überlege ich, ob ich das nasse Plastikbecken einfach in meinen Keller schmeiße, zu dem anderen Gerümpel aus meinem Leben und auch da einfach die Tür zu mache. Das Verweigern von Ordnung war schon immer meine Art, mit unangenehmem Druck umzugehen. Die Dinge mussten darunter leiden. Doch ich bin keine 16 mehr. So langsam habe ich den Unterschied zwischen elterlichem Ordnungswahn und vernünftigem Umgang mit empfindlichen Dingen gelernt. Vorsichtig drücke ich die Luft aus den dicken Wülsten, lasse die PVC-Haut eine Weile in der Sonne trocknen und wische dann mit einem Stück alten Betttuch Sand und Wasser aus den Nähten. Es soll ja noch ein paar Sommer mit den Jungs halten.

Denn man sieht nur die im Lichte

An Schlaf war nicht zu denken. Wir mussten raus auf die Straße, denn wir hatten nur noch diese Nacht. Wie Diebe strichen wir durch die dunklen Winkel unseres Viertels. Lichtscheu duckten wir uns mit unserer Last in die Schatten, die vom schwefelgelben Licht der Gaslaternen kaum vertrieben wurden. Was wir nicht wussten: Wir waren nicht allein.

Als wir unser schmutziges Werk vollendet hatten, graute der Morgen. Was wir getan hatten, würde nicht lange unentdeckt bleiben. Wir beschlossen, uns zu trennen. Ein halbes Jahr hatten wir zusammen gehaust, diskutiert, gekocht, gestritten, gelacht. Meine Wohnung glich mehr und mehr einer Räuberhöhle. Meine Komplizin war auf ihren Beutezügen erfolgreich. Es gab im Umkreis von zehn Kilometern sicher keine Drogerie, kein Kosmetikgeschäft und keinen Modeladen, den sie nicht geplündert hatte. Das Wertvollste hatte sie in zwei Koffer gestopft, die nun bis zum Platzen gefüllt zwischen uns auf dem morgenkalten Bahnsteig standen. Den Rest würde sie holen, versprach sie, wenn wir uns wiedersehen würden - in einem halben Jahr vielleicht, vielleicht schon vorher. Ich wusste, dass es eine gnädige Lüge war, ein sanfter Trost, dass sie sich schon in wenigen Tagen an nichts mehr erinnern würde und sagte ihr trotzdem, dass ich sie liebe. Ich hoffte, dass sie es unentdeckt über die Grenze schaffen würde. Dort würde sie einen neuen Unterschlupf, ein neues Opfer finden und sich dann bald wieder bei Nacht und Nebel aus dem Staub machen. Ich gab ihr bis zum Herbst. Dann würde ich wieder ihre Mutter anrufen müssen, um zu erfahren, wohin sie verschwunden war.

Ein flüchtiger Kuss, ein strahlendes Lächeln, dann schloss sich die Waggontür vor ihr und der Zug nahm sie mit nach Westen - einem neuen Leben entgegen. Mir würden ihre Briefe bleiben, ihre Bücher, die leeren Kleiderbügel.

Es nieselte leicht aus dem grauen Morgenhimmel, als ich den

Bahnhof verließ. Ich zog den Schal fester um den Hals und duckte mich in meinen Mantelkragen. Es war ein trostloser Morgen, die Straßen im Berliner Wedding machten mich nicht fröhlicher. Zertretene Fahrräder an Laternenmasten, schmutzige, vergilbte, im Regen aufgequollene Matratzen, an Straßenbäume gelehnt, halbe Schlafzimmereinrichtungen, in Teile zerlegt... Warum lebe ich eigentlich in diesem heruntergekommenen Viertel? Allein seit gestern Nacht waren wieder drei neue Matratzen dazu gekommen. Und diese hässliche Holzpalette, drei Blocks von meiner Wohnung entfernt. Meine Tochter und ich hatten sie im letzten Herbst mit diebischer Freude von einer Baustelle gefischt. Für die Zeit, in der sie bei mir wohnte, war sie ihr Bett. Nun hat sie ausgedient.

Jetzt ist Frühling und etwas Neues fängt an.

Wedding Blues

Ach, da läuft ´ne Ratte übern Parkplatz. Genau auf dem Platz, wo am Sonnabend und Mittwoch immer Wochenmarkt ist. Ach, noch eine. Verschwindet im Gebüsch zum Kinderspielplatz vor dem alten Rathaus. Na, hier werde ich bestimmt kein Obst mehr kaufen. Und Fisch erst recht nich. Als ich hier im Wedding anfing, so vor zehn Jahren, war der Wochenmarkt so mein Heilleiht. In Multikulti baden, leckere Sachen ausprobieren und billich einkaufen. Jetzt gibt‘s hier Ratten. Und ich geh schon lange zu EDEKA Fromm, aber nur von hintenrum, über den Autoparkplatz, weil ich das Elend mit den Motz-Zeitungsverkäufern und den Punks mit den Hunden vor dem Eingang und den Lärm von der Müllerstraße nicht mehr ertrage. Der Waschbeton-Pavillon gleich nebenan vom Wochenmarkt, aufm Rathausplatz, wo ich mir dann immer ein türkisches Frühstück geholt habe, wenn ich die Obststände geplündert hatte, ist baufällig. Ein Jahr hamse noch, dann müssense raus. Wo geh ich dann hin Frühstücken, wenn ich hier nicht mehr hinkomme? Ob ich mich noch zur Pizza Corallo setze? So ins Freie, wos jetze doch überall hell und warm is hier - endlich. Aber da sitzen feiste Türken-Rocker mit die schwarze Harleys, da will ich auch nich hin. Weiß eh nich, wo ich hin will heute Abend. Nich nach Hause, so viel ist klar. Irgendwo muss ich noch hin, wenn mich das Büro erst um halb achte ausgespuckt hat, wenn ich schon nix hatte von dem ganzen Tach, dann wenigsten jetzte! N‘bisschen Himmel sehen und Leute gucken. Aber ich weiß nicht wo. Ob ich ins „Sole Mio“ geh, gleich bei mir nebenan? Aber die ham ihre hundert Jahre alte verblichene Markise runtergerollt und man sieht, dass die verschimmelt ist unter dem Moos, was drauf wächst. Und drunter sitzt ein Typ mit grauen langen fettigen Haaren und bellt besoffen seine Frau an mit „Ach hör ma doch uff…!“ Nee danke! Und in die ölige Döner-Bude an der Müllerstraße setz ich mich auch nicht. Da ist mir neulich schon schlecht geworden. Genauso wie

bei dem netten Syrer, bei dem ich Foul probiert hab. Bohnen in Majonäse mit einem Schuss Olivenöl drüber. Na danke! Zum Franzosen? Da hat doch im Centre Francais so ein nobler Laden aufgemacht, so mit Terrasse und Menü mit vier Gängen. Und als ich da ankomme, weiß ich, dass ich da nicht sitzen will. Der Kellner ist ein Schnösel, hat einen kahl rasierten Schädel, eine riesige Nase und eine weiße Schürze bis zum Boden. Und die Tische haben weiße Tischdecken und alle trinken Weißwein, für den der Kellner umständlich den Korken aus der Flasche popelt. Nee, hier ooch nich, obwohl's gar nicht so teuer gewesen wär. Aber wahrscheinlich hätte der Schnösel mich mit „Monsieur" angeredet, und dann wärs mir schon zu viel gewesen. Erst mal nach Hause, warme Sachen holen und dann ins Freilichtkino? Weiss nicht was da läuft, aber draußen sitzen und ein bisschen Vogelgezwitscher mit ´nem Bier und Popcorn?
Zu Hause angekommen liegt noch der Artikel aus der Süddeutschen über Schmetterlinge auf dem Tisch. Den les ich erstmal. Und schon sitze ich und denk ans Essen. Was gibt's im Kühlschrank? Ne alte Packung Tofu und eine halbe Zitrone. Muss ja auch weg, das Zeuch. Kann man ja nich einfach so liegen lassen. Hatte ich nicht noch das Rezept für Tofu, wie ihn meine Tochter immer gemacht hat? Ein Zweig Rosmarin und eine Tüte Graupen in meiner Speisekammer erinnert mich daran, dass ich sogar mal nach Rezept gekocht habe. Einen halben Tag war ich unterwegs, um die Zutaten zusammen zu kriegen. Mann, hatte ich mal Elan. Mann, hat das geschmeckt. Heute schütte zusammen, was irgendwie zusammenpasst und dann rin in die Bratpfanne. Schmeckt? Na ja. Wenn ich ein halbes Glas Joghurt hinterher schiebe, verschwindet wenigstens der brennende Chili-Geschmack. Wusst ich doch, dass der Abend so enden würde. Aber ich wusste nicht, dass ich in meinen Selbstgesprächen jetzt schon berliner. Is jetze nu ooch wieda schnuppe.
Schön Ahmnd noch.

Arabisches Axe

Samstagmorgen beim Friseur. Im Raum: vier Männer, alle unter Dreißig, alle die gleiche Sprache und ich. Einer frisiert den anderen, zwei sitzen auf dem Ledersofa und daddeln. „Wenn du viel Geld hast, dann musst du einem Freund was leihen!", predigt der Friseur. „Oualla!", bestätigt sein Kunde und die Jungs auf dem Sofa sagen was, was ich nicht verstehe. „Hat ein Freund seinem Freund 2000 Euro geliehen. Der hat seine Hände geküsst. Und jetzt?" Er macht eine Pause, um die Dramatik zu steigern. „Jetzt muss er seinen Arsch küssen, damit er sein Geld wieder kriegt. Was rufst du mich an? sagt der. Haben deine Kinder Hunger? Also kannst du warten." Pause. „Seine Frau, die ist eine Bosna, die weint..." Der Rest geht mir verloren, denn jetzt betritt mein Friseur die Szene: älter, kräftiger, offenes Hemd. Ganz klar der Chef. „Maschinenschnitt?" fragt er, ohne das Gesicht zu verziehen, macht den Fernseher an, arabische Popmusik, und legt los. Ich probiere gerne neue Friseure aus. In meinem Viertel brauche ich nicht lange zu warten, bis wieder ein frischer Laden aufmacht. Manche nennen sich jetzt „Barber-Shop", sind ganz in Messing und Dunkelholz gehalten, aber eigentlich sind es Jugendzentren, in denen junge arabische Männer ihre Tage verbringen. Es gibt auch Läden für Frauen und Kinder, aber die meisten, die ich sehe, sind Treffpunkte für Jungs mit großer Klappe und zu viel Zeit. Inzwischen weiß ich, dass es keine gute Idee ist, einen der Großschwätzer an meine Haare zu lassen. Deshalb bin ich froh, heute an einen stillen Profi geraten zu sein. Er braucht keine Viertelstunde, um ruhig mein Haar zu durchstreifen und gibt dann mit kurzen, schnellen Rasiermesserschnitten seinem Werk den letzten Schliff. Und obwohl ich seine Könnerschaft spüre, reizt es mich, ihn auf die Probe zu stellen, als er am Ende seines Schaffens unschlüssig hinter mir steht. „Den Spiegel bitte!", verlange ich, um mir nach alter Väter Sitte die Frisur von hinten anzusehen. Er stutzt, wird unsicher, greift nach einem Parfüm-Flakon und nebelt mich kräftig ein. Erst dann versteht er, was ich möchte und holt den Handspiegel vom Wandhaken. Alles Bestens. Mit erhobenem Daumen bestätige ich meine Zufriedenheit. Aber der Blick in den Spiegel zeigt mir auch verschwommen, dass meine Augen noch deutlich verengt und weit davon entfernt sind, die Welt in ihrer ganzen Schönheit wahrzunehmen.

Es ist 10 Uhr. Ich brauche mein Koffein.

Im Lieblingseiscafé ein paar hundert Meter weiter werde ich vom freundlichsten und beständigsten Mitarbeiter in der schnell wechselnden Schar der Kellner empfangen. Der gepflegte junge Man bringt mir meinen Kaffee und tritt, was ungewöhnlich ist, näher an mich heran. „Darf ich erfahren, welches Parfüm sie benutzen? Ich finde es riecht perfekt." Und um seiner Äußerung jeden Verdacht der Homoerotik zu nehmen, weist er über seine Schulter: „Meine Kollegin findet das auch." Die dralle Blondierte hinter dem Tresen nickt bestätigend.

Na, so was habe ich ja lange nicht mehr gehört. Jahrelang habe ich mich mit den teuren Weihnachtsgeschenken meiner Schwiegermutter eingedieselt, deren Schwägerin eine Parfümerie hat, ohne je eine so direkte Reaktion darauf zu bekommen.

Das ist ja wie in der Axe-Werbung: Ein Duft, der die Menschen ihre Hemmungen vergessen lässt. Gleich verspreche ich dem jungen Mann, zum Friseur zurückzufahren, um das Geheimnis zu lüften. Ich vermute im Flakon meines Duftmeisters eine sündhaft teure, seltene Essenz aus dem fernen Arabien. Einen Wunderduft nach altem, geheimem Rezept, der für Männer wie Frauen gleichermaßen unwiderstehlich ist. Doch als ich den Chef von seinem aktuellen Kunden weglocke und ihm die Geschichte erzähle, fragt er nur: „War gut? Kannst du hier kaufen" und drückt mir eine billige Plastikflasche mit türkischem Aftershave in die Hand. Ich deute auf den Kristallflacon und denke, er hat mich wieder nicht verstanden. Aber er zeigt mir die Handbewegung, die man beim Umfüllen von einem großen in ein kleines Gefäß macht. „Fünf Euro!", sagt er.

Nachklapp: Eine halbe Stunde später in meinem alten Bioladen. Im engen, kleinen Hinterzimmer für die frischen Produkte. Eine attraktive Frau mit großen Augen und wallenden Haaren steht vor mir und fasst mir an die Schulter. Ich grinse dümmlich. Jetzt ist es so weit, denke ich. Und weil ich nicht weiß, was ich tun soll, bleibe ich einfach stehen. Unglaublich, was so ein neuer Duft alles macht.
„Kann ick ma an die Eia?", fragt meine Traumfrau und schiebt mich zur Seite.

Sängerknaben

Laufe ich doch mit meinem Jüngsten durch einen wundervoll stillen vierten Adventsnachmittag, so mehr so aus Verlegenheit und weil der Junge noch mal an die frische Luft muss, in Richtung Kinderbauernhof. Komme am Café Stern vorbei, nehme noch einen dieser einfachen Kaffees für einen Euro und einen Keks für den Kleinen. Trinke in Ruhe, obwohl der Besitzer drängelt, weil er auch mal Weihnachten haben will, mache Wettrennen (mit dem Sohnemann, nicht mit dem Besitzer) auf dem Hof der Beuth-Hochschule und schauen uns im „Kinderbunten Bauernhof" die ewig gleichen Meerschweinchen, Ponys, Ziegen, Schafe, Gänse an. Füttern verboten. Der Knabe fremdelt beim Animalischen und friert. Noch ein Wettrennen bis zur Ampel. Langsam schnüren wir der Heimat zu, schielen noch kurz zum Atze-Kindertheater rüber, weil ein bisschen Kultur wäre ja nicht schlecht, so an einem langen Winterabend. Aber mein Junge hat es noch nicht so mit den darstellenden Künsten. Vergangene Weihnacht musste ich das barmende Kind im Foyer des Puppentheaters trösten, nur weil einmal das Krokodil zugebissen hatte. Also noch einmal um die Wette durch den Matsch gerannt. Kommen wir an der evangelischen Kirchenburg an der Seestraße vorbei, an der auf dem Hinweg eifrige Menschen ein Transparent aufgehängt haben: „Konzert 17 Uhr". Hängt immer noch da, jetzt im Halbdunkel. Bin neugierig, schau aufs Handy. Nur ne halbe Stunde, überrede ich den Jungen, einfach mal reinschauen. Erwarte mir Orgelklang und steifes Gefiedel im leeren Kirchenschiff. Aber siehe: Die Bude ist voller Leben. Heute ist großes Weihnachtssingen. Genau das Richtige für uns, wo ich doch gestern noch, als wir unsern Weihnachtsbaum mit dem Handwagen nach Hause zogen, mit dem Kinde „O Tannenbaum" textsicher alle drei Strophen in die ungläubigen Straßen schallte. Der Junge, dem Vater gleich, singt gerne.

Auf der eichenen Kirchenbank liegt das Textheft mit vielen,

vielen Liedern, die mein Herz in Schwingung setzen. Ich singe immer gleich von der ersten Strophe mit, die eigentlich dem Kirchenchor gehört, wie die Pfarrerin eindringlich mahnt, hauen doch ab der zweiten Strophe der infernalische Posaunenchor und dröhnende Kirchensänger, die es sonntags mit der großen Orgel aufnehmen können, jede Besinnlichkeit in Fetzen. Warum machen die Evangelischen immer so einen Krach? Doch egal. So wie ich dasitze und mit dem holden Knaben auf dem Schoß „Ihr Kinderlein kommet“ anstimme, wird die Stimme flattrig und die Augen feucht. Nach zwei Stunden Lobpreis treten wir halb taub auf die ruhig scheinende Straße. Das brave Kind kriegt einen der geliebten Eukalyptusbonbons, beim Vater hilft nichts mehr. Auf dem Heimweg stimmen uns lieblich die Martinshörner der Krankenwagen auf ihrem eiligen Weg zur Charité wieder in den Rhythmus der Großstadt ein. Ich bin reich beschert worden.

Zweimal Kommunion mit Scharf

Es war ein Sonntag vor ziemlich genau fünfzig Jahren. Ein Sonntag, den man bei uns „Weißer Sonntag" nannte. Da lief ich im schwarzen Anzug mit einer dicken Kerze hinter unserem Pastor und neben meinen Mitschülerinnen in Weiß durch die Dorfstraße. Hinter uns lagen Monate des priesterlichen Katechismusunterrichts und viele Testläufe, bei denen wir lernten, wie wir, einer nach dem anderen, zum Altar schreiten, die Zunge rausstrecken und mit der geweihten Hostie, die uns der Pastor darauf gelegt hatte, in tiefer Versenkung gebeugten Hauptes unter den Augen unserer Eltern zurück zu den knarrenden Holzbänken wandeln sollten. Vor uns lag die Dorfkirche, was Kleines zum Futtern (immerhin der Leib Christi!), was Leckeres zum Trinken und ein Fest mit allen Tanten und Onkeln, fettem Buttercremekuchen und: Geschenke! Dafür machten wir das ja alles mit. Leider gab es von den Tanten vor allem Pralinen, nur manchmal einen 10-Mark-Schein und, immerhin, meine erste Uhr und mein erstes eigenes Fahrrad! Metallicblau und mit viel Chrom. Dieses Ritual, diese Bestechung und diese Gewissheit, endlich zu den Großen und Rechtgläubigen zu gehören, haben mich stramm auf Kurs gehalten, bis in die Pubertät. Ich bin brav in die Kirche gegangen, habe Lieder gesungen, die ich nicht verstanden habe und Sünden gebeichtet, die ich nie begangen hatte. Dabeisein ist alles.

Meine Söhne sind jetzt acht Jahre alt, ungetaufte Heidenkinder und nicht im Schoß der Hl. katholischen Kirche wachsen sie auf, sondern, zumindest wenn sie zu ihrem Vater kommen, in der großen Stadt, die laut und verwirrend für sie ist. Wie kann ich ihnen das Gefühl vermitteln, dass auch sie jetzt schon groß sind und dazu gehören, zu der Welt der Erwachsenen? Am besten, ohne lange zu überlegen, aus dem Bauch heraus.

Es ist Sonntag, der letzte Tag der Winterferien. Hinter uns liegen ein paar Tage in Bayern, in denen wir nur mit viel Glück ein paar verschneite Hügel gefunden haben. Es ist Mittag. Vor uns nichts als ein leerer Tisch und ein leerer Kühlschrank. Ich hatte nach zweimal Umsteigen mit zwei Jungs und einem 20 Kilo schweren Koffer einfach keine Lust mehr, einzukaufen. „Wart ihr schon mal beim Döner?“, frage ich. „Na klar!“, kommt es zurück. „Kennen wir schon!“ Ich glaube den kleinen Großmäulern kein Wort. „Mit Mama? Bestimmt nicht!“. Ein, zwei Fangfragen später ist klar: Es ist Zeit, meinen Söhnen die wirkliche Welt des Wedding zu zeigen. „Kommt, wir gehen in die Müllerstraße. Heute gibt es Döner zu Mittag.“ Ungläubige Kindergesichter hellen sich auf: „Echt jetzt? Das dürfen wir jetzt?“ „Ja“, sag ich, „los jetzt, in die Jacken, und vergesst die Mützen nicht, die ich euch zu Weihnachten geschenkt habe.“ Diese Mützen finden sie doof und wollen sonst auf keinen Fall damit gesehen werden. Heute geht es ohne Murren. Mit Triumph und Vorfreude geht es, der Vater mit den Söhnen, die Müllerstraße runter. Wir haben was vor, ein Abenteuer! „Drei Mal Mini-Döner, zwei Mal Kräuter, einmal scharf, ohne Zwiebel“, bete ich vor den Augen meiner staunenden Zwillinge das Berliner Evangelium fehlerfrei vor dem Dönermann runter. Sie beobachten das heilige Ritual des Messerschärfens, des Absäbelns und das Grillen der Brote. Ich bin selbst ganz ergriffen. Hat der Dönermann nicht gerade gesagt: „Nehmet, und esset alle davon?“, als er die kleinen Fladen über den Tresen reichte? Nein, er hat gesagt: „Die Getränke nehm‘ se sich selbst ausm Kühlschrank.“ Ruhig bleiben. Fanta und Sprite. Jeder darf sich eine eigene Flasche holen und trägt sie wie einen Schatz zum Tisch, auf den sie schon Gabeln und Messer gelegt haben. „Das ist Lamm, was ihr da esst“, schocke ich die beiden, die schon mit den Gabeln in den Brottaschen herumpicken. Glauben wollen sie es lieber nicht. Habe ich das mit dem Lamm Gottes geglaubt, damals? Nein, aber es hing ja auch nicht an einem Spieß und war knusprig braun.

So schnell, dass ich nicht gucken kann, haben die Jungs die Döner nach Berliner Sitte in die Hand genommen und beißen beherzt zu. Fällt kaum was auf den Boden. Schon fast wie die Großen. „Is

nicht zu scharf?“ frage ich. „Nö“ kommt es echt cool (oder crash, wie das immer öfter bei ihnen heißt) von den harten Burschen an der anderen Tischseite. Halleluja! Es ist vollbracht.
Die Flaschen jonglierend sprinten wir über die sonnige Straße zurück. Zuhause warten noch Geschenke auf sie. Zwei Armbanduhren, es ist das richtige Alter. Ich habe sie vom Roten Kreuz fürs Blutspenden bekommen. „Das ist mein Blut, dass ich für euch...“ Eine katholische Erziehung sitzt doch tiefer als man denkt.

Das muss jetzt

Plötzlich geht vieles, was lange nicht möglich war. Oder aufgeschoben. Oder unentschieden. Mein billiges Handy zum Beispiel. Es schwächelt schon eine Weile. Aber ich hab mich nicht dazu aufraffen können, es endlich aufzugeben. Dabei habe ich ein solides Nokia in der Schublade. Ich wollte mich halt nicht mit was Neuem, Anstrengendem beschäftigen. Aber gestern dachte ich: Du kannst doch nicht mit einem wackligen Handy rumlaufen, jetzt, in Zeiten von Corona. Du musst erreichbar sein. Du musst wissen, was los ist. Also hingesetzt, Betriebsanleitung gelesen, rumgetippt, Hotline angerufen und jetzt läuft's. So kenn ich mich gar nicht.
Oder die Sache mit dem neuen Perso. Hatte ein Schreiben bekommen. Könnte den jetzt abholen. In Schöneweide, nur 20 Kilometer quer durch die Stadt. Nehme mir einen halben Tag frei, gehe durch die Tür vom Bezirksamt und da ist auf einmal ein Absperrband. Dahinter ein blondes Mädchen, eine Azubi wahrscheinlich. Fragt mich, was ich will. Meinen Perso will ich abholen, sag ich. Geht nicht, sagt sie, neue Anweisung von heute, geht nur noch mit Termin. Oder brauchen sie den dringend, für die Bank, oder so? Ja, sag ich, ich brauch den dringend, für die Bank und so. Das glaub ich ihnen jetzt nicht, sagt sie, das ham sie jetzt von mir. Na, sag ich, dann brauch ich ihn eben für die Post, um Päckchen abzuholen. Sie müssen doch nur ins Regal hinter sich greifen. Nein, geht nicht, sagt sie und nestelt ein paar fliederfarbene Latexhandschuhe über ihre Finger, Sie könnten sich infizieren. Wo könnte ich mich infizier'n? frag ich. Wenn sie ihre Unterschriften leisten, da müssen sie unseren Stift benutzen, sagt sie ins Blaue hinein. Wo lernen die, sich solche Sachen auszudenken? Die Jungen sind schlimmer als die Alten, denk ich mir, die wissen noch nicht, welche Macht sie haben, kennen noch nicht das menschliche Maß. Und an Kafka denke ich, der sich so eine Situation hätte ausdenken können. Aber da bin ich schon wieder

aus der Tür und atme durch.
Geht aber nicht ohne Perso. Nicht in Zeiten von Corona. Nicht, wenn Ausgangssperre und Polizeikontrollen drohen, Massenunruhen und Straßenkämpfe, Lebensmittel auf Bezugsschein und hungrige Kinder mit großen Augen. Ich brauche einen Perso. Ich denk an die Großmutter, die aus Pommern flüchten musste und als alte Preußin das Wichtigste mitnahm, was sie hatte: ihre Kinder und ihre Papiere. Und die Papiere, das war tatsächlich das erste, wonach sie die Beamten fragten, als sie mit drei Kindern in Berlin strandete und um Hilfe bat. Geht also nicht, nicht in Preußen. Ich brauche ein Dokument, das beweist, dass ich existiere. Ich versuche Zeit zu gewinnen. Es ist Mittag und nach der Mittagspause, so hoffe ich, wechselt das Personal. Gehe also erstmal einen Döner essen, krieg noch einen Tee aufs Haus und eine halbe Stunde später geh ich wieder durch die schwereichene Amtstüre. Ich wundere mich, über mich selbst, über meine Beharrlichkeit. Und über die Verschlagenheit, die in mir aufkommt. Ich werd einfach lügen. Ich werd sagen, dass ich Krankenpfleger bin (was stimmt, auch wenn es dreißig Jahre her ist) und dass ich dringend gebraucht werde (was nicht stimmt, im Gegenteil). Und wenn das alles nicht hilft, komme ich mit meinen vier Kindern. Dazu bin ich entschlossen.
Die Blonde hat ihre Absperrung hinter sich gelassen und ist jetzt als Abfangjäger in der Halle unterwegs. Sie waren doch schon mal hier, stellt sie fest. Hat sich etwas an den Umständen geändert seit eben? Ich brauche meinen Personalausweis, sag ich stumpf. Wahrscheinlich habe ich dabei so grimmig geschaut wie auf meinem Passbild. Da muss sie erstmal nachfragen gehen. Hinter dem Schalter sitzt jetzt eine Dunkelhaarige, keine Preußin - eher so Osmanisches Reich. Die Blonde tuschelt mit ihr und die Dunkle winkt mich heran. Sie entschuldigt sich, nicht für die Warteschleife, sondern dafür, dass sie mir keinen Platz anbieten kann. Denn aus den Stühlen im Wartezimmer und Plastikband haben sie eine Absperrung gebaut. Die Frau ist zehn Jahre älter

als ihre blonde Kollegin und länger im Geschäft. Vielleicht weiß sie auch, wie man sich fühlt, wenn man auf amtliche Unterstützung angewiesen ist. Vielleicht will sie mich auch nur loswerden. Zwei Unterschriften auf ein schwarzes Schreibpad und ich bin für 10 Jahre wieder ein Mensch, rein amtlich. Aber innerlich, innerlich merke ich, dass ich jetzt unwiderruflich auf Überlebenskampf eingestellt bin.

Mal wieder Weltuntergang

Schäfchenwolken am Himmel und blühende Bäume links und rechts. Auf dem Radweg am Hohenzollernkanal das übliche Gewusel von Radfahrern, Skaterinnen und Spaziergängern. Mein Sohn radelt mit seinem Freund um die Wette. Riskant, riskant, wie sie da um die Kurven jagen und mit den aalglatten Typen auf ihren Carbonrädern fast kollidieren. Aber was kann schon passieren? Wir halten jetzt ja alle Abstand voneinander. In der Jungfernheide angekommen, gibt es für jeden eine Bratwurst oder Pommes auf die Hand und für die Väter ein Bier, damit die Kraft reicht für die Rückfahrt. „Bolle reiste jüngst zu Pfingsten..."

War da nicht noch was? Sieht so ein Land im Ausnahmezustand aus? Oder kann es sein, dass gerade die Welt untergeht, und ich es nicht bemerke? Weil ich gerade nicht will, dass die Welt untergeht, oder weil ich schon so viele Weltuntergänge erlebt habe, dass ich auch dieses Mal glaube, dass es - für uns - gut ausgeht?

Nehmen wir mal die Reaktorkatastrophe in Tschernobyl, die gerade mal etwas mehr als 35 Jahre zurückliegt. Waren ja komische Zeiten damals. Durfte man nicht auf den Spielplatz, nichts aus dem Garten essen und die Milch wurde weggekippt. Plötzlich war jeder Atomkraftexperte: Die Halbwertszeit von Cäsium 123 wurde von allen möglichen Leuten heruntergebetet wie heute die aktuellen Infektionszahlen. War schon gruselig. No Future, diesmal aber wirklich.

Was wäre wenn... wenn es wirklich so schlimm gekommen wäre, wie wir damals gedacht haben? Die Böden in Europa verseucht, die Ernten verdorben, die Menschen verstrahlt? Nicht auszudenken. Es kam aber nicht ganz so schlimm, zumindest nicht für uns im Westen. Nur Pilze aus Polen wurden eine Zeit lang gemieden. Sonst ging alles munter weiter.

Und eigentlich hätte ich selbst diesen misslungenen Weltuntergang nicht erleben dürfen, weil schon 1962, ein Jahr nach meiner Geburt, die Welt wegen der Kuba-Krise, wie man damals und seitdem immer wieder mit leichtem Schauder sagt, „vor dem Abgrund stand“. Komisches Bild, weil es ja im ganzen Universum keinen Abgrund gibt, in den die Welt fallen könnte. Komm mir jetzt bitte keiner mit schwarzen Löchern. Auf jeden Fall ist meine Mutter, als die Sirenen angingen, mit mir auf dem Arm in den Keller des alten Winzerhauses gelaufen, wo noch aus Kriegszeiten der Luftschutzkeller des Dorfes war. War aber blinder Alarm. Cold war kids are hard to kill.

Insgesamt, finde ich, sind die Weltuntergänge in den vergangenen 75 Jahren für uns hier in Westeuropa recht glimpflich abgelaufen. Anderswo, in Ruanda oder in Syrien, haben die Menschen nicht so viel Glück gehabt. Und in Bangladesch gab es nur bislang deswegen keinen, weil dort das Leben schon so entsetzlich ist, wie wir es uns in Europa für die Zeit nach dem Armageddon vorstellen. Und jetzt steigt da auch noch der Meeresspiegel. Ich schau mir meinen Sohnemann an, und frage mich, wie er sich in 50 Jahren an diesen Tag erinnern wird. Er hat eine Fanta bekommen und Pommes. Er hat das Fahrradrennen mit seinem Freund gewonnen und die Sonne hat geschienen. Sein Vater hatte Zeit für ihn und er musste keine Hausaufgaben machen. Also ein ziemlich perfekter Tag. Und ich wünsche mir, dass er mit der Erinnerung daran noch mindestens so viele Weltuntergänge überstehen wird wie ich.

Blue Hour

Ich muss raus, muss eine Runde drehen. Es ist sieben Uhr am Abend und die letzte Videokonferenz ist vorbei. Ich will noch was vom Leben sehn.
Draußen ist es noch warm. Die Lampen sind schon an, aber der Himmel ist noch nicht schwarz. Blaue Stunde. Aber kein Grund, traurig zu sein. Im Wedding ist immer was los. Im Wedding ist alles möglich. Beim Frisör brennt noch Licht. Warum nicht, denke ich? Mein alter Laden, aber wieder ein neuer Scherenkünstler. Zehn Minuten beschäftigt er sich allein mit meinem Nacken. Was soll das? Interessiert doch niemand. Ich sag ihm, er soll einfach die Maschine nehmen und einmal drüber gehen. Er ist enttäuscht, ich gebe ihm ein gutes Trinkgeld und bin wieder auf der Straße. Das ist kein Abend, den man drinnen verbringt. Der Sommer ist spät dran, aber jetzt ist es warm, überall Lichter und Leute. Zum Döner? Dafür muss ich am Café Lale vorbei, vor dem sie vor ein paar Wochen drei Leute umgeschossen haben. Die weißen Kreidekreise, mit denen die Lage der Patronenhülsen von der Polizei markiert wurde, waren noch lange auf dem Pflaster zu sehen. Komisch, heute sitzen hier nur Deutsche hinter den Shisha-Pfeifen und den Bildschirmen mit türkischen Popsongs. Irgendwas ist anders. Auch beim Döner. Ein alter Mann bedient mich, den ich noch nie zuvor gesehen habe. Er kann noch nicht lange hier sein, denn er kennt sie noch, die gute Sitte, dass man zu einer Linsensuppe nicht nur Brot, sondern auch eine kleine Schale mit Gemüse reicht. Paprika, ein paar Zwiebelringe, scharfe Peperoni. In diesem Döner-Laden schieben sie im Sommer die Fenster ganz zur Seite. Deshalb sitze ich auf meinem Fensterplatz drinnen, aber doch beinahe draußen. Unter der Markise leuchten ein paar Glühbirnen. Nebenan ein Eisladen. Südfrankreich, denk ich. Das hätte van Gogh malen können. Die Lichter, der tintenblaue Himmel. Ein junger Kerl kommt vorbei. Rote Locken, kurze Hose, er schlenkert eine Bierflasche. Die Ohren sind noch

dran. Ein Easy-Jet-Typ, den man überall treffen könnte. An jedem Ort, der einen Flughafen hat. Ich versuche, mich in eine einsame Melancholie fallen zu lassen. Aber es geht nicht mehr. Vor ein paar Stunden habe ich mit einer jungen Frau telefoniert, die mir die Krankenkasse verordnet hat. „Sie sollten auf ihre Schlafhygiene achten. Immer zur gleichen Zeit ins Bett, immer zur gleichen Zeit aufstehen." Ach Mädchen, hast du nichts anderes? Ich bin doch noch nicht in Rente. Ich habe doch noch ein Leben. Das hier zum Beispiel. Ich zieh weiter, vorbei an einer kauernden Frau mit verfilzten Haaren, die ein Eis isst, vorbei an jungen Chinesen, die wahrscheinlich ihren ersten Döner essen und großen Spaß dabei haben. Biege links ein. Die Eckkneipe ist leer und die Barfrau fegt mit Mundschutz den Dreck raus. Die Pizzeria Sole Mio brummt. Der mürrische Wirt hat seine Plastiktische den ganzen Gehsteig entlang bis zum Künstleratelier aufgestellt. Stiernackige Biertrinker sitzen im Halbdunkel. Wahrscheinlich sind's die Kerle, die sonst in der Kneipe hocken. Sie sind ungewohnt leise. Auch sie vom Sommerabend verzaubert? Kaum zu glauben. Auch im Atelier was Neues. Statt des alten, langhaarigen Zottels, der sich in seinen rostigen Müll-Installationen vergraben hatte, sitzt ein junger Mann im aufgeräumten, strahlend erleuchteten Atelier. Bunte Bilder an den Wänden und eine junge Frau mit blauen Haaren neben ihm. Ihr schwarzes Oberteil hat Träger mit Nieten und Ösen. Ihr Punk passt nicht zu den mystischen Motiven. Aber vielleicht bringt sie ihn auf neue Ideen. Als ich in die Straße zu meiner Wohnung einbiege, läuft ein Mädchen vor mir her. Ihr rot weiß gestreifter Faltenrock hängt schlaff, die dünnen Beine enden in Chucks, diesen halbhohen Turnschuhen, und schlurfen kraftlos übers Pflaster. Einen Moment denke ich, eine ältere Frau vor mir zu haben, so schwer ist ihr Gang. Aber dann sehe ich, dass die Kleine heult, herzzerreißend, wie nur Kinder heulen können. Sie drückt etwas an sich. Eine Tasche oder ein Kuscheltier? Sie läuft nirgendwo hin, sondern vor etwas weg. Rein ins Dunkle. Liebeskummer, totes Meerschweinchen oder Schläge? Im Wedding ist alles möglich.

Auf Linie

Die SMS, die ich von der Mutter meiner Söhne bekam, klang harmlos: „Kannst du bei McPaper vorbeigehen und einen Schnellhefter in grün - aber nur von Durable, keinen anderen - und zwei Geometriehefte Lineatur 24 mitbringen?“ Sie ahnte nicht, dass sie mich damit auf eine Reise schickte, die mich einen sonnigen Nachmittag und den Rest meiner Nerven kostete. Ein kafkaesker Trip, bei dem ich viel über unser Land lernte – und das alles wegen ein paar Heften.

Bei McPaper stehe ich vor dem Regal mit den Schulheften und verstehe die Welt nicht mehr: Die Auswahl verwirrt mich, sie erschlägt mich. Später werde ich erfahren, dass es in Deutschland mehr als 30 verschiedene Lineaturen gibt, dazu noch mindesten drei verschiedene Formate von DIN A4 bis Quart und natürlich das alles als Block und als Heft, mit 16 und 32 Blatt, mit und ohne Rand...

Wer hat sich diesen Wahnsinn ausgedacht? War das schon immer so? Und warum? Die Verkäuferinnen bei McPaper sind nicht besonders gut in Warenkunde. Aber immerhin können sie mir sagen, dass sich hinter „Geometrieheft“ ein Heft ohne Linien verbirgt. Blanko, sozusagen, weiße Blätter. Das gibt es auch noch. Aber wie kann ein Blanko-Heft eine Lineatur haben? In Deutschland geht alles. Ich finde ein Blanko-Heft mit Lineatur 25, aber ohne Rand, und tue was alle Väter tun: Ich stehe im Laden und rufe die Mutter an. Die hatte sowieso nicht daran geglaubt, das Problem an mich losgeworden zu sein. „Weiß ich auch nicht“, seufzt sie, „es muss halt 24 draufstehen, mehr weiß auch nicht.“

Ich spüre Wut in mir aufsteigen: Es geht also nur darum, der Lehrerin zu gefallen, in dem man jeden ihrer absurden Wünsche erfüllt! Und davon gibt es viele.

Meine Zwillinge sind zwar im selben Jahrgang in ihrer Schule, gehen aber in zwei verschiedene Klassen. Ich habe also den Vergleich: Der eine hat das Schreiben in Blockschrift gelernt, der andere in Schreibschrift. Auch die Mathebücher waren unterschiedlich. Alles nach Ermessen der Klassenlehrerin. Und wenn die Lehrerin wechselt, was oft geschieht, wechseln auch die Anforderungen. Absprache, Koordination, einheitliche Regeln? Fehlanzeige. Alle meckern über den Hick-Hack der 16 Bundesländer. Aber das Problem fängt schon weitaus früher an. Und es hat zwei Seiten: Es gibt eine, die die Regeln aufstellt, und eine, die sie befolgt. Warum sind Mütter, die sonst den Konflikt mit Pädagogen um Schulessen, Pausenzeiten oder besondere Coronaregeln nicht scheuen, so devot und so unterwürfig, wenn es um Schulsachen geht? Und warum wird diese Aufgabe heute auf mich abgewälzt?

Meine Odyssee, die bei McPaper begonnen hat, führt mich in alle Läden, die unsere Müllerstraße, die mal „Kurfürstendamm des Berliner Nordens“ genannt wurde, noch zu bieten hat. Zu Woolworth, zu McGeiz und zu Müllers Drogerie. Überall dasselbe Bild: Ratlose Eltern, mit und ohne Anhang, zwischen zerrupften Regalen, die extra für die „Schulsonderaktion“ aufgestellt wurden. Türkische Mütter mit Kopftuch und ihrem ganzen Anhang in ebenso regem wie verzweifeltem Austausch, ein russischer Vater mit Sohn und großer Einkaufsliste, die ich zuerst bei „Müllers“ und dann noch einige Male mit immer pralllerem Beutel treffen werde. Ein arabischer Mann mit Sohn, der ihm die Wunschliste auf dem Handy vorliest, telefonierende Männer... Geheimtipps machen die Runde: Bei „Pfennigland“ soll es noch Blanko-Hefte geben, raunt mir eine junge Frau zu, die gerade eine türkische Frauengruppe beraten hatte. „Pfennigland“, murmele ich vor mich hin, und es klingt wie der Name des himmlischen Jerusalems. Dass ich daran nicht gedacht hatte! Dort bin ich Stammkunde. Das ist der Ort, an dem Wunder möglich werden - zu kleinem Preis. Hier finde ich immer die Überraschungen für Kindergeburtstage und manchmal auch Ersatzteile für mein altes DDR-Fahrrad. Doch als ich ankomme, ist das Regal leergefegt und mein Mut verflogen. Ich könnte noch zu Karstadt, aber meine Kraft reicht nicht mehr aus. Geschlagen ziehe ich zu McPaper zurück und kaufte zwei Hefte blanko, Lineatur 25 für je 39 Cent das Stück, um nicht mit leeren Händen bei meinen Kindern anzukommen. Vielleicht übersieht es die gestrenge Lehrerin ja, vielleicht müssen meine Kinder nicht unter dem Versagen ihres Vaters leiden. „Ach, das hättest du jetzt nicht machen müssen", flötet die Mutter meiner Söhne, „Ich hätte die Hefte auch am Montag noch hier im Schreibwarenladen besorgen können. Aber an den grünen Hefter hast du gedacht? Den gibt's nämlich nur bei McPaper." Bei meinem dritten Gang in die Welt der Frauen gründe ich in Gedanken und mit wachsender Freude die erste Widerstandsgruppe für die Zeit, wenn das Matriarchat die Macht übernommen hat. Also heute.

Die Macht der Liebe

Es war in diesen dunklen Tagen, als die Winterstürme durch die Straßen jagten und die Sonne nicht mehr war als eine trübe Illusion hinter bleigrauen Wolken. Es war die Zeit, als die Menschen ihre Gesichter hinter Masken verbargen und jeden Morgen angstvoll die mit Grabesstimme vorgetragene, steigende Zahl derer erwarteten, die am Tag zuvor von der Seuche dahingerafft worden waren. Es war die Zeit, in der jeder, der noch bei Sinnen war, zu Hause blieb und seinen Nächsten mied wie den Leibhaftigen selbst. Aber es war auch die Zeit, in der Wunder geschehen konnten, wo sich die Herzen öffneten und der Mensch des Menschen Freund wurde. Wo sich in den düsteren Schächten unter den Straßen die Elenden versammelten, die von der schieren Not, der Pflicht oder dem Kampf um das tägliche Brot in die mit krank machendem Brodem verseuchten Wagen der Untergrundbahn gezwungen wurden. Und es war hier, wo die Liebe alle Schranken überwand.

Sie waren zu dritt, so wie immer. Kurz bevor sich die Türen schlossen, sprangen sie noch in den abfahrenden Wagen. Es waren vierschrötige Kerle und jeder der Reisenden duckte sich noch tiefer in seinen Sitz, versuchte sich hinter seinem Handy unsichtbar zu machen, oder schaute vergeblich ins Nichts, um die Aufmerksamkeit der schwarz gekleideten Schlägertypen von sich abzulenken. In höchster Not hat der Mensch drei Möglichkeiten zu überleben: kämpfen, flüchten oder sich totstellen. In einer fahrenden U-Bahn ist Flucht keine Option und Kampf gegen einen breitschultrigen, vollbärtigen Kerl mit tätowierten Händen aussichtslos. Also wählte ich meine letzte Karte. Fest zog ich meinen Jüngsten an mich heran, verkantete sein kleines Fahrrad zwischen meinen Beinen, hielt mich an der Haltestange fest, bis meine Knöchel weiß wurden und hoffte, sie würden uns übersehen. Doch alle Hoffnung schwand wie ein Traum am frühen Morgen, als ihr markerschütterndes „Fahrscheinkontrolle, bitte die Fahrausweise bereithalten!" erklang. Normalerweise lässt mich diese Ankündigung kalt. Normalerweise bin ich ein gesetzestreuer Bürger, der gewissenhaft darauf achtet, nur mit einer abgestempelten Fahrkarte die Bahn zu betreten. Sogar für meine vielköpfige Kinderschar kaufe ich die vorgeschriebenen ermäßigten Karten, obwohl mir ein junger Kontrolleur einmal zuflüsterte: „Für Kinder brauchen Sie nicht, die kontrollieren wir nicht mehr." Dieses erhabene Gefühl der Rechtschaffenheit lässt mich herabblicken auf die Unglückseligen, die mit von Schuldbewusstsein gesenktem Haupt von den Bütteln der Berliner Verkehrsbetriebe auf die Bahnstiege gezerrt werden, weil sie sich auf unser aller Kosten eine Fahrt erschleichen wollten.

Doch wie war es heute? War nicht das ganze Land im Ausnahmezustand? War ich nicht in höchster Eile aufgebrochen, als es galt, meinen Sohn rechtzeitig zu seiner sich sorgenden Mutter zu bringen? Hatte ich nicht alle Hände voll zu tun gehabt, mir selbst und dem Kind die vorgeschriebene Maske überzuziehen? Wie hätte ich da noch, und das mitgeschleifte Kinderfahrrad nicht zu vergessen, eine Fahrkarte abstempeln können, zumal gerade der Zug einfuhr; der Zug, der allein uns zur S-Bahn bringen konnte, der Zug, den wir nur drei Stationen brauchen würden? Hatte ich nicht den ehrlichen Vorsatz gehabt, spätestens beim Wechsel in die S-Bahn die Fahrausweise für mich und meinen Jungen, die ich natürlich ordentlich in meiner Brieftasche bereit gelegt hatte, in den Schlitz der altertümlichen Stempelautomaten einzuführen, nicht ohne meinem Sohn die Gelegenheit zu geben, stolz das eigene Ticket mit lautem Klacken und Piepen abzustempeln und es ihm treu in seine kleinen Hände zu legen, in denen er es mit heiligem Ernst bis zum Ende der Fahrt aufbewahrt hätte (wenn er nicht gerade ein Buch lesen, einen Keks essen oder sich in etwas anderes Wichtiges hätte vertiefen wollen, wobei er dann die Karte irgendwo auf dem Sitz hätte liegen lassen, wenn wir bei der nächsten Station umgestiegen wären)?

All das hätte ich dem mürrischen Höllenengel sagen wollen, als

er mit grimmigem Blick vor uns stand. Aber ich schwieg. Noch war ich zu sehr im „Das Reh duckt sich im Kornfeld, damit der herandröhnende Mähdrescher es nicht sieht"-Modus, als dass ich hätte reden können. Und außerdem: Was sollte das Kind von mir denken? Also fand ich mich an der nächsten Station auf dem Bahnsteig wieder und ließ die unbeholfene Suada des erfolgreichen Jägers über mich ergehen, die sich „Aufklärung über die Fahrgastrechte" nennt. Ich war reuig und sofort bereit, ihm die 60 Euro in seine groben Pranken zu blättern, an denen er außerhalb des Dienstes sicher mehr als einen silbernen Totenkopfring trug. Aber was war das? Er blickte mich und meinen Sohnemann an, drehte seinen Handcomputer in unsere Richtung und murmelte verschwörerisch: „Kieken se hier: Ich trage hier als Grund für das fehlende Ticket „Eile" ein. Dann könnse die BVG schreiben, dass se mit dem Kleenen aufm Weg zum Arzt waren oder sowat. Dann könnse Glück ham, und die lassen se in Ruhe." Ecce homo! Was für ein Mensch! Welche Größe! Welch mitfühlendes Herz! Vielleicht hatte er auch einfach Angst, dass ich ihm auf dem Bahnsteig Scherereien machen würde. Vielleicht war er das von Eltern, die mit ihren Kindern unterwegs erwischt wurden, so gewöhnt. Vielleicht war er auch selbst nicht so ganz überzeugt von dem Scheiß-Job, den er da machen muss. Egal. Er hat uns ein Fensterchen der Hoffnung aufgemacht und mich vor meinem Jungen nicht blamiert, wofür ich ihm ewig dankbar bin. Möge seine Familie blühen und gedeihen! Und mögen er und seine Nachkommen in Wohlstand und Frieden leben.
Und wie ging's weiter? Es gibt ja nicht nur gute Menschen bei der BVG. Es gibt diesen unerbittlichen Apparat, in dessen Fänge ich jetzt geraten war. Wer mehr darüber wissen will, lese das Buch „Machen Sie mal zügig die Mitteltüren frei" von Susanne Schmidt. Bisher war mein Kontakt mit dieser Berliner Institution eher unerfreulich. Wer einmal das „Kundenzentrum" besuchen durfte (weil man doch ein gültiges Ticket hatte, es aber bei der Kontrolle in der Aufregung nicht gefunden hatte), sieht

dort die Elenden und Geschlagenen der Stadt und wird mit einer ruppigen Förmlichkeit abgefertigt, die an den „Tränenpalast“ erinnert, den ehemaligen Grenzübergang nach Ost-Berlin an der Friedrichsstraße.

Doch die BVG hat seit ein paar Jahren eine Charmeoffensive gestartet, in der sie allen Ernstes behauptet: „BVG – Weil wir dich lieben“. Der schlechten Ironie bewusst, bewirbt sie diesen Slogan mit Bildern junger Menschen, die das Angebot der Verkehrsbetriebe nach durchgemachten Nächten im Zustand der drogeninduzierten Bewusstlosigkeit benutzen. Eine der Wirkungen von Partydrogen soll es ja sein, Zuneigung und ein Verbundenheitsgefühl zu Personen und Dingen zu erzeugen, über die man sich im nüchternen Zustand dann wundert.

Aber sei's drum. Als ich von der BVG aufgefordert werde, Stellung zu meinem Fehltritt zu nehmen, packe ich in das Schreiben mein ganzes Herzblut, schildere die ausweglose Situation, in der ich gleichzeitig meinem Kind, der Pandemie und der veralteten Stempeltechnik der BVG gerecht werden wollte und ende das Schreiben mit dem Satz: „Geben Sie mir einen Grund, Sie zu lieben.“

Danach war erstmal einmal eine Weile Ruhe in der Amtsstube.

Dann kam ein Schreiben. Betr: Fahrausweisprüfung (es folgt eine fünfzehnstellige Vorgangsnummer): „...unter Berücksichtigung der von Ihnen geschilderten Umstände sind wir bereit, einmalig.... auf die Forderung zu verzichten. Im Wiederholungsfall werden wir auf unserer Forderung bestehen müssen.“ Worte haben also doch eine Wirkung und die BVG vielleicht sogar ein Herz. Und ich bin raus: Auf Bewährung.

Ich bete an die Macht der Liebe.

Bahn frei!

„Die Jungs müssen noch mal raus", meint ihre Mutter sonntagnachmittags um drei. Und sie meint das ernst. Ich liege auf dem Bett, halb zugedeckt mit einem Kinderschlafsack, und blinzle aus dem Fenster in den langsam zu Ende gehenden Wintertag. In der Generation meines Vaters hätte man das, was ich mir gerade gegönnt habe, ein Nickerchen genannt. Ich schaue träge nach meinen Kindern, die zum hundertsten Mal ihr Dino-Puzzle legen. „Lass sie doch", versuche ich meine Hoffnung auf einen ruhigen Nachmittag zu verteidigen, „sie spielen gerade so schön." Aber ich weiß natürlich, dass die Mutter Recht hat. Wenn wir jetzt nicht vor die Tür kommen, haben wir in einer Stunde hier eine nölende Bande, die aufgedreht rumkrakeelt und vom Sofa springt, bis der Hausmeister anruft. Aber wie kriege ich die Jungs dazu, sich in ihre Winterjacken zu zwängen, wenn das Draußen nichts anderes zu bieten hat als fahles Abendlicht und tauenden Großstadtschneematsch? „Wir könnten endlich mal den Schlitten rausholen", höre ich mich sagen und glaube es in dem Moment selbst nicht. Der schöne Holzschlitten von den Großeltern steht seit drei Jahren im Keller und wird langsam morsch. Am Anfang waren die Jungs zu klein und dann war einfach kein Winter, oder der Winter war so klirrend, dass die empfindlichen Kindernasen hätten Schaden nehmen können, der dann durch wochenlanges Inhalieren wieder hätte abgebüßt werden müssen. Großstadtkinder halt. Aber heute ist es warm, lächerlich warm für einen Januar. Und der Schlitten ist nur ein Lockmittel, um die träge Bande vor die Tür zu tricksen. Es funktioniert. Ehrfürchtig folgen sie mir in den Keller, wo wir den Schlitten, vergraben unter allerlei anderem Zeugs, natürlich im hintersten Eck des Bretterverschlages finden. Wie ein unverhoffter Schatz wird er von den Jungs gemeinsam aus seinem Gefängnis befreit und nach oben gebracht. Und obwohl wir draußen auf den ersten Blick nur geräumte Straßen und schlammigen Streusand sehen, sind meine

Jungs der festen Überzeugung, dass es jetzt mit dem Schlittenfahren los geht. Tatsächlich finden wir bald einen Pfad, auf dem es noch genug festgetretenen Schnee gibt, um den Schlitten in Schwung zu bringen. Die jungen Herren nehmen Platz, der Vater darf ziehen. Immer wieder unterbrochen vom metallischen Kreischen des Rollsplitts, das das Nahen einer geräumten Wegstrecke ankündigt, nähern wir uns dem Rehberge-Park. Kluge Landschaftsgestalter haben hier schon vor 90 Jahren ein paar Hügel angelegt, die zu nichts anderem gedacht gewesen sein können, als winters der rachitischen Stadtjugend beim Rodeln ein paar frohe Stunden an der frischen Luft zu bescheren. Ich erwarte eine von tausenden hoffnungsfrohen Kindern schlammig getretene Wiese, auf denen die Kufen tiefe schwarze Scharten hinterlassen haben. Doch als wir in den Park einbiegen, ist es still, kein Mensch unterwegs. Vor uns breitet sich eine fast geschlossene, unberührte Schneedecke aus, die so hell ist, dass sie gegen den abendlich trüben Himmel wie künstlich beleuchtet wirkt. Wir erklimmen den ersten kleinen Hügel und ich lasse die Buben zum ersten Mal ein winziges Stück den Hang allein herunterrutschen. Meine sonst so ängstlichen Zwillinge quieken vor Vergnügen. Sie fallen um und lachen, sie rollen sich den Hang hinunter und lachen. Auf einmal wird mir bewusst: Ich bin gerade dabei, meinen Jungs das Schlittenfahren beizubringen... Etwas, was mein Vater nie hinbekommen hat, weil er immer weg war. Etwas, worüber ich mir viel Gedanken gemacht habe: Wann ist das Fahrradfahren dran, wann das Schuhe binden? Gebe ich meinen Jungs genug, bin ich ein richtiger Vater? Jetzt bin ich mittendrin. Wir suchen uns einen steileren Hügel. Ich gebe kurze Anweisungen, wohin mit den Füßen, wohin mit der Schnur und los! Schlittenfahren kann ich. Im Rheinland sind wir richtige Berge runtergerodelt. Die Kür waren alte Weinberge, weil man da über die Weinbergmauern wie über eine Sprungschanze fliegen konnte: drei-, vier-, fünfmal hintereinander. Und wenn der Schlitten das überlebt hatte, waren wir gleich wieder oben und riefen: Bahn frei!

Mittlerweile ist es richtig dunkel geworden. „Letzte Runde“, sage ich an, „traut ihr euch auch alleine?“ Beide nicken und verhandeln, wie üblich, wer zuerst darf. Und dann sausen sie beide akkurat den Hügel runter, ohne Juchzen dieses Mal, dafür sehr konzentriert. Ich packe sie auf den Schlitten und ziehe sie hinter mir her. Ich höre sie plappern und glucksen. Mein Herz wird weit.